나는 _____

글쓰기 산을 오르는 프로 작가입니다

나는 글쓰기 산을 오르는 프로 작가입니다

n년 차 작가의 꿈을 향한 강연 기록

초 판 1쇄 2024년 06월 26일

지은이 김연준
펴낸이 류종렬

펴낸곳 미다스북스
본부장 임종익
편집장 이다경, 김가영
디자인 윤가희, 임인영
책임진행 김요섭, 이예나, 안채원, 임윤정

등록 2001년 3월 21일 제2001-000040호
주소 서울시 마포구 양화로 133 서교타워 711호
전화 02) 322-7802~3
팩스 02) 6007-1845
블로그 http://blog.naver.com/midasbooks
전자주소 midasbooks@hanmail.net
페이스북 https://www.facebook.com/midasbooks425
인스타그램 https://www.instagram.com/midasbooks

ⓒ 김연준, 미다스북스 2024, *Printed in Korea*.

ISBN 979-11-6910-698-6 03810

값 17,500원

미다스북스는 다음세대에게 필요한 지혜와 교양을 생각합니다.

n년 차 작가의
꿈을 향한
강연 기록

나는 _____

글쓰기 산을 오르는 프로 작가입니다

김연준 지음

미다스북스

이처럼 수지맞는 독서가 있을까. 나는 이 책을 읽으며 일석삼조의 소득을 얻었다. 우선, 말은 곧 글이라는, 말은 글이 된다는 사실을 다시금 확인했다. 누군가 내게 "글은 어떻게 써야 하나요?"라고 물으면, 나는 늘 "말해보고 쓰세요."라고 답한다. 15분 말할 수 있으면 A4 두 장 반 분량의 글을 한 편 쓸 수 있다. 1시간이면 4편, 10시간이면 40편 분량의 책 한 권도 가능하다. 글쓰기에 관해 강연한 내용을 엮은 이 책이 바로 그 본보기다.

다음으로, 말에 가까운 글이 좋은 글이라는 모범도 보았다. 나는 이 책을 읽지 않았다. 음성지원이 되는 듯 잘 들었다. 글이 지녀야 할 첫 번째 덕목이 잘 읽히는 것일진대, 이 책은 그 시범을 보여준다.

끝으로, 한자리에 앉아 아홉 개의 강연을 듣는 호사를 누렸다. 강연 하나를 준비하기 위해 얼마나 애쓰는지 강사인 나는 잘 안다. 특히 김연준 작가의 강연에는 작가로서 견뎌온 인고의 시간과, 그 시간에서 깨달은 김 작가만의 글쓰기 노하우가 흥건하게 녹아 있다. 여기에 덤으로, 다독가인 저자의 책 소개가 구석구석 박혀 있어 한 권으로 여러 권을 읽는 재미도 쏠쏠하다.

– 강원국 (『대통령의 글쓰기』 저자)

산 정상에서
당신을 기다리는 것들

처음 글을 썼을 때부터 제 꿈은 오로지 작가였습니다. 작가의 자세나 마인드도 중요시했던 작가주의적인 사람이었죠. 그러다가 좋아하는 일로 돈을 벌기 위해 강사가 되었습니다. 사실 강사의 삶은 한 번도 꿈꿔보지 않았습니다. 그런데 한번도 꿈꿔보지 못했던 강사의 삶이 작가보다 더 적성에 맞는 것 같습니다. 글을 쓰던 지난날들을 떠올려보면 힘들었던 기억밖에 없는데 강사 일을 하면서는 아무리 살인적인 스케줄도 힘이 들지 않았습니다. 이런 모습을 보면 이제 작가보다는 강사가 더 체질에 맞다는 슬픈 사실을 인정해야 할 것 같습니다.

운이 좋게도 항상 제가 하고 싶은 말과 출판사나 공모전이 원하는 말이 같았습니다. 제 학생들은 쓰고 싶은 것과 출판사에서 원하는 게 달라서 고민이 많은데 말이죠. 그래서 감사하게도 하고 싶은 말을 다 하고 살았습니다. 강의로도 떠들고 그마저도 모자라 강연으로도 떠들어서 강연 대본이 이렇게 책으로까지 나오게 되었습니다.

학생들이 이 책의 콘셉트가 너무 좋다고 합니다. 제 강연에 오고 싶은데 초등, 중등, 고등학교나 기업을 대상으로 하면 참석이 불가능하거든요. 그 아쉬움을 책으로나마 달랠 수 있기 때문이라네요.

강사 일을 하면서 저의 작품(소설이나 에세이)보다 더 많이 쓴 글이 있습니다. 바로 강연 대본입니다.

저에게 강연이란 꿈에서도 생각하는 것입니다. 강연이라는 두 글자만 들어도 가슴이 뜁니다. 대중 앞에 섰을 때의 희열이 좋아서죠. 막 작가가 되었을 때부터 저는 강연을 하고 싶어 했습니다. 지금 생각하면 참 이상한 사람이었죠. 신인 작가에게 강연의 기회가 들어올 리 없는데 말이에요. 연습실을 빌려 마이크를 잡고 대본을 시간에 맞춰 외우는 연습을 했습니다. 그로부터 5년 후, 제게 첫 강연의 기회가 왔습니다.

처음으로 섭외되었던 회사가 아직도 기억에 남습니다. 대부 회사였는데 보고서를 쓰라고 하면 직원들이 다 글을 제대로 못 써온다고 대표님께서 저를 부르신 겁니다. 직원들은 사무실 가운데 의자를 놓고 제 주위에 둘러앉아 강의를 들었습니다. 제게 주어진 시간은 20~30분이었습니다. 다들 업무 때문에 바쁘다고 짧은 강의를 부탁하셨습니다.

30분 남짓의 대본을 읽으면서 저는 제 원고의 문제점을 알았습니다. 한

문단에서 다음 문단으로 넘어갈 때 말이 너무 뚝뚝 끊기는 느낌이 든다는 것이었죠.

그래서 바로 스피치 선생님을 구했습니다. 망신을 당하고 싶지 않아서였죠. 발성이나 발음보다 제가 원했던 건 대본을 수정하는 일이었습니다. 그렇게 일 년 넘게 선생님께 코칭을 받으며 대본을 수정하고 또 수정해 업그레이드시켰습니다. 이런 과정을 거친 원고들이 모여 이 책이 되었습니다.

강연을 다니던 초반에는 긴장이 많이 돼 화장실을 들락거렸습니다. 그런데 이제는 n년 차 강사라서 많이 노련해졌는지 잘 떨지 않습니다. 사실 강연의 매력은 심장이 쫄깃쫄깃해지는 것일지도 모릅니다. 저는 그 설렘과 쪼는 맛이 좋아서 계속 강연을 나가고 있습니다.

글쓰기 강사로서의 여정은 마치 산을 오르는 것과 같습니다. 처음 강단에 섰을 때의 두려움과 긴장은 험난한 등산로의 첫 발걸음처럼 어렵고 힘겹습니다. 처음에는 준비한 원고를 제대로 전달할 수 있을지, 청중의 반응이 어떨지 몰라 불안감에 떨기도 했습니다. 그러나 시간이 지나면서 등산 기술이 점점 숙련되어 가듯이, 강연에 대한 자신감이 생기기 시작했습니다. 청중의 눈빛과 반응을 읽고 즉흥적으로 대처하는 능력이 향상되었고, 예상치 못한 질문에도 유연하게 답할 수 있게 되었습니다.

강연마다 새로운 도전과 배움이 기다리고 있습니다. 산행 중에 마주하는 다양한 장애물처럼 말이죠. 때로는 준비한 내용이 예상과 다르게 받아들여져 좌절감을 느낄 때도 있고, 예상치 못한 기술적인 문제로 곤란을 겪기도 합니다. 하지만 이러한 경험들은 결국 강사로서의 성장과 발전을 이끌어줍니다.

매번 강연이 끝난 후, 작은 성취감을 느낄 때가 있습니다. 청중의 뜨거운 박수나 감사의 인사를 받을 때, 마치 산을 오르며 마주하는 아름다운 경치처럼 큰 보람과 기쁨을 느낍니다. 그 경치를 바라보며 힘을 얻고, 다시 앞으로 나아갈 수 있는 용기를 얻습니다.

산 정상에 도달했을 때 우리를 기다리는 것들은 단순히 아름다운 풍경만이 아닙니다. 그곳에는 우리가 걸어온 길의 흔적이 있습니다. 제가 걸어온 길의 흔적, 즉 제가 다녔던 수많은 강연들이 떠오릅니다. 강연을 준비하며 밤을 새우기도 하고, 새로운 자료를 찾기 위해 끊임없이 공부했던 시간들, 청중의 반응을 분석하며 더 나은 강연을 만들기 위해 노력했던 순간들. 이 모든 것들이 제가 걸어온 길의 흔적입니다.

그리고 지금, 저는 그 길을 돌아보며 성취감을 느낍니다. 예를 들어, 한 학생이 강연을 듣고 나서 자신감을 되찾았다고 고맙다는 메시지를 보내왔을 때, 저는 강사로서 보람을 느꼈습니다. 또, 오랜 준비 끝에 성공적으로 마친 대형 강연에서 청중이 보여준 열렬한 호응은 저에게 큰 성취감을 안겨주었습니다.

정상에는 더 많은 것들이 기다리고 있습니다. 산을 오르는 동안 겪었던 모든 어려움과 도전, 그리고 이를 극복해낸 자신에 대한 자부심과 성취감이 있습니다. 이 성취감은 자신의 한계를 뛰어넘고 새로운 가능성을 발견한 기쁨입니다. 정상에 서서 자신이 걸어온 길을 돌아보면, 우리는 그 과정에서 얼마나 성장했는지를 깨닫게 됩니다.

산 중에 가장 높은 산이 에베레스트인 것은 많은 분들이 아는 사실입니다. 에베레스트의 높이는 무려 8,848m에 달합니다. 수많은 산악인들이 이 높은 산을 정복하기 위해 험난한 여정을 감수합니다. 그들이 에베레스트 정상에 도달할 때 느끼는 성취감은 이루 말할 수 없을 것입니다. 저는 지금 글쓰기라는 세계에서 가장 높은 산을 오릅니다. 그리고 그 목표를 에베레스트처럼 가장 높은 산으로 정했습니다.

왜 하필 가장 높은 산을 목표로 삼았을까요? 이유는 단순합니다. 가장 높은 목표를 향해 나아가는 과정에서 우리는 자신을 한계까지 밀어붙이고, 그 과정에서 성장합니다. 에베레스트 등반은 극한의 체력과 정신력을 요구합니다. 글쓰기 또한 마찬가지입니다. 글쓰기는 단순히 글을 쓰는 행위가 아니라, 자신을 표현하고 자신의 한계를 시험하며 끊임없이 자신을 발전시키는 과정입니다.

글쓰기는 에베레스트 등반과 유사합니다. 에베레스트 정상에 오르기 위해서는 기초 체력을 다지는 베이스캠프에서 시작해, 고도의 적응 과정을 거쳐 서서히 고도를 높여야 합니다. 글쓰기도 마찬가지입니다. 기초적인 문법과 표현력을 다지는 단계에서부터 시작해 점차 자신만의 스타일과 목소리를 찾아가는 과정이 필요합니다. 그리고 마침내, 자신만의 글을 완성하는 정상에 도달할 때까지 끊임없는 노력이 요구됩니다.

이 책의 목차를 따라오시면, 여러분은 마치 산을 등반하는 듯한 느낌을 받으실 겁니다. 이 책을 통해 여러분은 글쓰기라는 에베레스트를 정복하는 과정을 함께하시게 될 것입니다.

목차

글쓰기라는
에베레스트

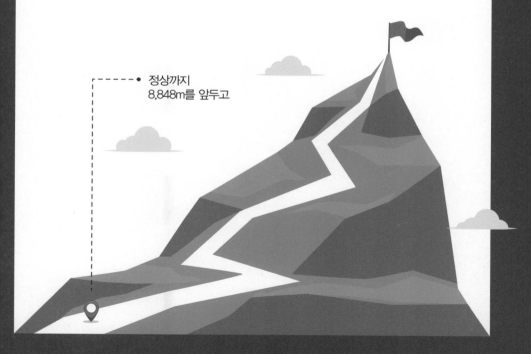

정상까지
8,848m를 앞두고

8,848m를 향해 오르다

저는 오늘 여러분들께 〈사람과 산〉이라는 주제로 강연을 하러 여기 '책 방난달'에 왔습니다. 항상 저는 '글쓰기는 산을 오르는 것과 같다.'라는 생각이 머릿속을 떠나지 않았어요. 그래서 강연 제목 역시 이렇게 사람과 산으로 정했습니다.

실제 제가 등산을 잘할까요, 여러분? 저는 한 시간이면 오르는 아차산에 있는 용마봉에서 죽을 고비를 넘겼습니다. 정말 실신할 뻔했습니다. 저는 한라산은 오르는 게 아니라 마시는 거라고 생각합니다. 그래서 저는 학생들과 한라산 소주를 마시면서 등산을 자주합니다.

현재 30대인 저로 말할 것 같으면 20대를 책 읽는 데 다 보냈다고 해도 과언이 아닌 사람입니다. 제가 책을 읽었던 모습이 좀 웃겼어요. 근데 그 모습을 학생들에게 이야기하니까 너무 인상 깊어 하더라고요. 그래서 여러분들에게도 제가 어떻게 책을 읽었는지, 어떻게 글쓰기와 독서라는 산을 올랐는지 들려드리도록 하겠습니다.

저는 사람이 다 다르듯 그 사람이 가는 길도 다 다를 거라고 생각합니다. 우리가 산길을 걸을 때 나오는 길이 처음부터 있었을 리는 없을 거예요. 분명 누군가 과감히 첫발을 내디뎠을 겁니다. 등반 용어로 이걸 '개척 등반'이라고 하는데요. 제가 쓴 글을 토대로 강연을 하고, 저만의 강연 콘텐츠를 끊임없이 만들어 강연할 장소를 섭외하는 것도 개척하고 있다고 생각합니다. 지금 책방난달에 있는 것처럼요. 책방난달에서도 이런 행사가 처음이라고 해요. 그럼 이것도 제가 개척한 거 아닐까요?

글쓰기 강사를 하면 정말 다양한 사연을 가지신 분들이 수업을 요청합니다. 기억에 남는 학생들이 몇 있는데 작가가 되고 싶다고 학교를 휴학하고 도전했던 분도 있었고, 다니던 직장을 과감하게 그만두고 글을 쓴 분도 있었고, 죽을 고비를 많이 넘겨서 그 이야기를 한번 적어보고 싶다고 했던 분도 있습니다. 이분들의 모습을 보고 인생이 산행 길과 닮았다는 생각을 했습니다.

산행 길에는 여러 역경이 있습니다. 산행 길에서는 가끔씩 가파른 오르막길이나 험난한 내리막길을 만나게 되지만, 그런 어려움을 이겨내고 정상을 향해 나아가는 것이 중요합니다. 마찬가지로 작가가 되고자 하는 학생들은 자신의 꿈과 열정을 위해 힘들고 가파른 길을 선택한 것이죠. 그들은 실패와 어려움을 겪을 수 있지만, 그것을 이겨내고 자신의 목표를 향해 나아가는 데 있어서 단단한 결심과 인내를 발휘합니다.

이분들이 보여준 용기와 도전, 그리고 대세와 무관하게 자신만의 길을 개척하며 나아가는 독창적인 삶의 태도가 저에게도 무한한 영감을 주었습니다. 자신만의 방식으로 자신의 삶을 꾸려나갔기 때문에 저는 이분들의 삶이 매력적이게 느껴졌습니다. 저는 그래서 여기 계신 여러분이 개척하신 길도 궁금해집니다.

저 역시 제가 살아온 인생을 보니 우리 모두가 다르듯 다른 분들의 인생과도 조금 달랐지 않나 싶어요. 저는 26살에 작가가 되고, 2년간 작가로 작품 활동을 했고, 그 후 2년간 글과 잠시 멀어져 글쓰기로부터 외도를 했다가, 다시 연어처럼 문학으로 돌아와 강사가 되었습니다. 오늘 여러분들은 제가 걸어온 20대 시절의 이야기를 듣게 되실 겁니다. 그럼 제 나름대로 한 개척 등반 이야기에 귀 기울여주시면 감사하겠습니다.

검은 고독 흰 고독

『검은 고독 흰 고독』이라는 책은 라인홀트 메스너가 쓴 산악 문학인데요. 1978년 낭가파르바트를 혼자서 등반한 라인홀트 메스너의 이야기가 담겨 있어요. 메스너는 8년 전, 1970년에 낭가파르바트 등반에서 동생 귄터를 잃었어요. 그렇기 때문에 다시 낭가파르바트를 오르는 게 운명처럼 느껴졌어요. 더군다나 애인과는 헤어진 상황이었어요. 그런 메스너가 산행을 하면서 어떻게 밀려오는 고독을 마주했는지를 알 수 있는 책입니다.

저는 21살 때부터 도서관에서 살았어요. 그때가 첫 데뷔작을 썼던 나이이기도 합니다. 그 당시 저는 '왜 난 아무것도 아니지?' 하며 무언가 되고 싶다는 비장한 마음으로 데뷔작을 썼어요. 작가가 되고, 글쓰기 선생님이 되고, 이렇게 여러분 앞에 서는 강사가 된 지금은 뭐가 꼭 돼야 하나 하는 마음인데요. 아마 그 당시에는 제가 자존감이 낮아서 뭐가 되고 싶다는 생각을 했던 것 같아요. 그리고 TV를 틀면 요즘 연예인들은 어린 나이에 데뷔를 해서 뭐가 되어 있는 그런 모습들을 보면서 저랑 비교했던 것 같아요.

저는 데뷔작을 쓰면서 동시에 책을 읽기 위해 도서관으로 향했습니다. 전국에 도서관이 있죠. 제가 다녔던 도서관은 판교에 위치한 도서관이었는데 그 도서관 옆에는 수영장이 붙어 있었습니다. 도서관에 있다가 답답하면 머리를 식힐 겸 수영을 하러 갔는데요. 그 도서관은 한 번에 10권의 책을 빌릴 수 있었어요. 그래서 하루에 10권을 읽었던 것 같아요. 아, 저는 책을 많이 읽어서 책 읽는 속도가 무척 빨라요. 그래서 10권보다 더 많이 읽었던 적도 있고요. 처음에는 그렇게 독서를 시작하다가, 책 10권을 빌려 가면 가방이 무거워질 거 아니에요? 그래서 저는 등산 가방을 메게 됩니다. 여기 앉아 계신 여러분들 중에 등산하시는 분들 있으시나요? 그럼 등산 가방은 거의 다 경량 가방이라는 걸 아실 거예요. 등산 가방에 책을 넣으면 깃털처럼 가벼워요. 무게가 느껴지지 않습니다. 그때 저는 등산 가방을 메고 산을 오른다는 생각으로 책을 읽었어요. 등산 가방이 솔직히 예쁘진 않잖아요? 그래서 저는 여자라면 하나씩 있을 법한 작고 예쁜 백이 없었어요. 샤넬 백 이런 거 말이에요. 그렇게 등산 가방을 메고 책을 읽었습니다. 그러다 보니 제가 어느새 도서관에 있는 책을 거의 다 읽은 거예요. 경영학 서적, 아동문학 등등 가리지 않았습니다. 특히 아동문학 코너에 가봤던 게 인상 깊은데요. 아동문학 코너는 바닥에 난방도 들어옵니다. 하하.

『검은 고독 흰 고독』이라는 책 제목처럼 저는 고독하게 책을 읽었어요. 책을 읽는 행위는 혼자 하는 거니까 다른 사람을 만날 수도 없었어요. 제가 책을 이렇게 많이 읽은 이유는 당연히 작가가 꿈이어서 작가가 되기 위해서였죠.

"고독이란 마음속에서 생겨나는 것이지 외부로부터 생기는 것이 아니다. 때문에 나는 이 힘을 이용할 수 있을 때 비로소 낭가파르트바트 단독 등반에 성공할 수 있다고 생각한다."

그때 진짜 고독했어요. 작가에게 중요한 것도 절대 고독이라고 했거든요? 『검은 고독 흰 고독』에 나오는 이 문구처럼 제가 글쓰기라는 산을 오를 수 있었던 원동력은 고독에서 나왔던 것 같아요. 고독은 산을 오르기 위한 필수 조건인 거 같아요.

제가 지나고 보니 책만 읽어서 또래 애들과 달리 연애 경험도 하나도 없는 거예요. 지나고 나서 알았어요. 그리고 작가가 돼서 2년 동안 작가 생활을 하고 나니까 친구들은 다 결혼해 있더라고요. 그렇게 시대와 약간 동떨어진 삶을 살았던 거 같아요. 한마디로 책 읽고 글을 쓰다가 산에서 고립된 거죠.

글을 쓸 때 역시 책을 읽을 때 만큼이나 고독했습니다. 제가 데뷔작을 스물한 살 때 썼다고 했잖아요? 그때가 여름이었는데 스물한 살이면 주변에서 술을 먹자는 유혹이 많을 나이입니다. 그런데 친구들에게 "나 먼저 집에 가봐야 한다."고, 이기적으로 행동하면서 한 달 동안 사람을 안 만났어요. 그렇게 아무도 안 만나고 한 달 만에 단편 소설 한 편을 완성했습니다. 그 시절에 제가 그렇게 고립되고 현재를 즐길 수 없었지만 10년이 지난 지금 그때 썼던 글이 다시금 빛을 발해서 학생들을 가르칠 때 수업 교재로 활용되고 있습니다.

이 외에도 제가 견뎠던 고독한 시간들이 있었는데요. 저는 글을 쓸 때 체력이 중요하다고 생각해요. 그래서 21살 때부터 수영을 해서 28살까지 무려 7년 동안 매일반으로 수영을 나갔어요. 코로나가 시작되기 전까지 다녔죠. 어떤 작가는 장편소설을 쓸 때는 하루에 2시간 운동을 하신다고 했어요. 저는 체력을 아끼려고 글을 쓸 때 외출을 잘하지 않았어요. 그래서 외식도 하지 않았어요. 한번 밥을 먹으러 나갔다 오면 체력이 조금 소모되더라고요. 집에 오면 졸리고, 그럼 자야 하고요. 그래서 제가 했던 방법은 '배달 음식 시켜 먹기'였습니다.

또 저는 작가 생활을 했던 2년 동안 단 한번도 여행을 가지 않았습니다. 작가분들 중에는 여행을 다니면서 글을 쓰시는 분도 많습니다. 저는 작가는 프리랜서이기 때문에 더욱이 회사원처럼 성실해야 한다고 생각합니다. 물론 여행을 통해 영감을 얻어올 수도 있지만요. 그래서 저는 매일매일 글을 쓰러 카페로 출근했습니다.

그리고 이건 제 생각이고 지극히 저의 취향인데, 저는 여행을 다니면서 쓴 글을 별로 좋아하지 않습니다. 놀면서 쓴 게 글에 보이기 때문에 노력이 별로 보이지 않습니다. 제가 좋아하는 글은 방대한 자료 조사가 들어간 노력이 엿보이는 글입니다. 저는 진득하게 자료 조사를 하고 수십 번 퇴고한 그런 글이 좋습니다. 그래서 그런지 저는 여행 에세이를 사면 어쩐지 돈이 조금 아까운 느낌이 듭니다. 그렇게 일명 '존버의 시간'을 견뎠습니다.

누군가 제게 이렇게 열심히 산을 오르는 이유와 원동력이 무엇이냐고 물었어요. 저는 제 자신을 위해서 산 거예요. 내가 더 잘된 나였으면 좋겠고, 잘나가는 근사한 사람이면 좋겠다고 생각했거든요. 저도 20대 때 지금보다 능력이 없던 때가 있었겠죠. 그때 저는 항상 기도했어요. 능력 있는 사람이 되게 해달라고. 결국엔 나 자신을 위한 삶을 산 거죠.

내 마음속의 산을 오르다

작가가 되기 전 작가를 꿈꾸는 사람을 작가 지망생이라고 합니다. 저는 작가 지망생이라는 이 말을 참 좋아합니다. 무언가가 될 수도 있다는 가능성이 담겨져 있는 단어라고 생각하기 때문이지요. 제가 21살 때 쓴 글이 26살에 당선되었으니 무려 5년 동안이나 작가 지망생이었습니다.

처음 공모전에 투고했을 때 여러 번 떨어졌어요. 계속 떨어질 때도 저는 항상 제 글이 특별하다고 생각하면서 스스로를 위로했습니다. 그 많은 공모작 중 제 글이 읽히려면 이런 생각이 없으면 버티기 힘든 것 같아요.

작가 지망생 때 저는 멋진 작가가 되어 있는 모습을 생생하게 그리면서 그 시절을 버텼습니다. 그래서 동기부여가 되는 책들을 주로 읽었는데요. 다른 강연에서도 한 번 말한 적 있는데 하우석 작가의『하고 싶다 하고 싶다 하고 싶다』라는 책을 인상 깊게 읽었어요. 제목 그대로 '나 정말 작가 하고 싶다.'였죠.

저는 작가 지망생 시절 좋아했던 롤모델 작가가 있었습니다. 바로 여러분이 잘 아실 법한 공지영 작가님이신데요. 정말 많은 글을 쓰셨고, 선한 영향력을 행사하고, 강연도 많이 하는 모습 때문이었어요. 그분은 정말 삶에 열정이 많은 것 같아요. 결혼도 세 번이나 할 정도로 사랑에도 열정적이셨고, 그만큼 작품도 많이 쓰셨어요. 오랫동안 꿈을 그리면 마침내 그 꿈을 닮아간다는 말이 있잖아요? 계속 공지영 작가님을 좋아하다 보니 저도 어느새 학생들에게 열정이 많다는 이야기를 듣습니다.

지나고 보니 20대에 한 게 책 읽고 글 쓰는 것밖에 없었는데 작가가 된 후에도 돈을 벌지 못했어요. 그래서 '안 되겠다, 이러다 굶어 죽겠다.' 싶어서 회사에 취직해야겠다고 생각했는데 할 업무가 없었어요. 먹고살려면 적성에 안 맞는 업무라도 꾸역꾸역 할 수 있겠지만 평생 글쓰기만 했던 사람이라 할 수 있는 업무도 없었고 하고 싶은 업무도 없었어요. 그렇게 회사원 준비를 하다가 엉뚱하게 글쓰기로 다시 돌아와서 글쓰기 선생님이 되었어요.

저는 글쓰기는 허탕이라고 생각해요. 끊임없이 습작을 해야 하고 버려지는 글을 쓰기도 하고 열심히 썼는데 당선이 안 되면 허탕 친 거죠. 그런 허탕의 시간들이 다 가치 있으므로 이겨내야 한다고 생각해요. 정상까지 산을 오르려면 분명 등반 시간이 꽤 깁니다. 그 시간들을 견뎌내야 산에 오를 수 있습니다.

등산도 마찬가지입니다. 정상까지 오르려면 시간 걸리고 어떨 땐 많이 오른 거 같은데 제자리처럼 느껴질 때도 있습니다. 그러나 정상은 가까워지고 있었습니다. 글쓰기를 하면서 느낀 게 정상을 보면 가만히 있는 거처럼 느껴지지만 뒤돌아보면, 지나온 길을 보면 꽤 많이 올라왔구나 하고 느껴집니다.

글을 안 쓰고 잠시 외도했던 시간들이 있었습니다. 그 시간들조차 지나고 보니 산을 오르던 시간이었습니다. 글을 써서 도저히 돈을 못 벌어서 제가 잠시 글을 안 쓰고 미용 모델 일을 했던 적이 있습니다. 그 시절에도 엄마는 저를 그냥 놔두셨어요. 다른 일을 했지만 그게 다 글에 자양분이 될 거라고 생각하셨어요.

그렇게 글을 멀리했던 시간들이 지나고, 다시 글을 쓰기 시작했을 때 저는 예전보다 더 깊이 있는 글을 쓸 수 있게 되었음을 느꼈습니다. 다양한 경험들이 제 글에 새로운 생명력을 불어 넣어준 것입니다.

다시 글쓰기에 몰두하면서 깨달은 것은, 글쓰기는 단순한 행위가 아니라 삶을 반영하고 녹여내는 과정이라는 점입니다. 때로는 힘들고 지치더라도, 그 모든 경험이 글 속에 녹아들어 결국에는 더 좋은 작품으로 이어질 것입니다.

산을 오르듯이 글쓰기를 계속하다 보면 언젠가는 정상에 오를 수 있을 것이라는 확신이 듭니다. 중요한 것은 그 과정을 즐기고, 매 순간을 소중히 여기며 꾸준히 나아가는 것입니다.

외로울 때 줄넘기(로프)를 하는 여자

여러분 로프 아시죠? 안전을 위해 사용하는 등산용 밧줄이요. 글쓰기라는 산을 오를 때 저에게도 로프가 있었습니다. 바로 줄넘기인데요. 공지영 작가의 소설 『무소의 뿔처럼 혼자서 가라』에 '외로울 때 줄넘기를 하는 여자'라는 소제목이 나옵니다. 이 대목을 읽고 저는 마치 저를 상징하는 것 같았는데요. 제가 작가 활동을 할 때 줄넘기를 참 열심히 했어요. 최고 하루에 9,000개도 해봤습니다. 만 개는 못 해봤어요. 줄넘기를 하면 정말 숨이 턱 끝까지 차올라요. 저도 나름 많이 힘들었습니다. 그때마다 줄넘기를 로프라고 생각하면서 산을 올랐습니다. 그때 제가 떠올린 사람은 아버지였습니다. 오직 아버지만을 떠올리면서 줄넘기를 했습니다. 글을 써서 빨리 효도를 하고 싶고, 아버지께 자랑스러운 딸이 되고자 하는 마음이 컸습니다.

줄넘기를 한 이유는 체중 조절 때문이었습니다. 제가 좋아하는 하루키도 그런 말을 했습니다. 작가는 군살이 붙으면 끝장이다. 육체적인 힘과 정신적인 힘은 수평을 유지해주는 두 개의 바퀴와 같다고 표현했죠. 초고는 화장실에 가고 싶은 것처럼 빨리 쓰는 게 좋은데 실제 제가 살이 조금 붙었을 때는 몸이 늘어져서 초고를 쓸 때 속도감이 붙지 않았어요. 빨리 쓴 초고가 좋은 글이 나올 확률이 높아요. 집중해서 쓰면 호흡이 끊기지 않기 때문이죠. 그래서 저는 글을 잘 쓰기 위해 다이어트를 했던 거죠. 그때 제가 좀 극단적으로 다이어트를 해서 믿기지 않으시겠지만 163cm에

37kg까지 뺐습니다. 줄넘기와 식단 조절과 매일 수영을 했거든요. 무리한 다이어트로 몸이 안 좋아지기도 했지만 몸이 가볍다는 느낌을 받았던 건 좋았어요.

그리고 다이어트를 한 이유는 독자 앞에 서고 싶었기 때문입니다. 그때 제가 24시간 운영되는 롯데리아에서 글을 쓰고 있었는데 글 쓰는 폼이 꼭 작가 같다고 혹시 작가님 아니시냐고 자기도 꿈이 작가였다면서 술을 사 주셨던 독자분이 있었어요. 그때 제게 술을 사주시면서 그런 말을 했어요. "다른 작가들은 뚱뚱한 분이 많아요." 그 당시 제가 한글과 관련된 소설을 쓰려고 세종대왕을 자료 조사했는데 세종 역시 백성들에게 신뢰를 받기 위해 억불 정책을 펼쳤다고 했어요. 그런 것처럼 저도 신뢰받는 작가가 되고 싶어서 무리한 다이어트를 감행했습니다. 게으른 작가로 보이고 싶지 않았거든요.

고비

우리는 인생에서 죽을 것 같은 고비를 만나게 될 수도 있습니다. 아직 만나지 못하신 분들도 계실 테고 이미 죽을 고비를 몇 번이나 넘기신 분도 있으실 겁니다. 저는 글 쓸 때 고비를 자주 만납니다. 글쓰기를 그만두고 싶을 때가 바로 그때입니다. 글을 쓰는 작업은 무에서 유를 창조하는 거라서 막막하기만 합니다.

글을 쓰는 과정은 인생의 고비를 넘는 것과 많이 닮아 있습니다. 인생에서 우리는 다양한 도전과 시련을 맞이하게 됩니다. 때로는 그 고비가 너무 커 보여서 도저히 넘을 수 없을 것만 같기도 합니다. 그러나 그 고비를 넘어서면 비로소 성장하고, 더 강한 자신을 발견하게 됩니다. 글쓰기도 마찬가지입니다. 처음 시작할 때는 한 줄 한 줄 쓰는 것이 어렵게 느껴지지만, 고비를 하나씩 넘다 보면 어느새 완성된 작품이 손에 쥐어져 있습니다.

저는 등산 가방을 메고 글쓰기라는 산을 올랐을 때 아버지처럼 살고 싶다는 몽상을 했습니다. 아버지가 등산복을 평상복처럼 입고 다니시고, 또 등산하시는 모습을 보고 '아, 아버지는 여전히 인생이라는 산을 오르는구나.'라는 생각을 하게 되었습니다. 아버지는 저에게 많은 영감을 주시는데요. 제 데뷔작인 『레귤러 가족』도 서울대를 나온 아버지가 결국은 자기 자신을 찾아가는 이야기입니다. 저에게 있어 아버지는 애증의 대상이었습니다. 저는 농담 삼아 "아빠, 아빠는 서울대 나온 바보야."라고 말합니다. 왜냐하면 공부는 정말 잘하셨지만 평생 하고 싶은 일은 못 찾으셨기 때문입니다.

그런데 문득 어느 날 그런 아버지가 멋있어 보이게 됩니다. 아버지는 서울대에 가려고 공부를 하시다가 폐결핵에 걸리셨던 적이 있습니다. '나는 한번이라도 저렇게 열정적으로 살아봤나?' 하는 생각을 하게 되었습니다.

그래서 그런 아버지를 보고 영감을 얻어 저는 『고비』라는 제목의 산악 문학 소설을 쓰게 됩니다. 소설 『고비』의 줄거리는 백두산이라는 이름을 가진 주인공이 나오는데 이미 등반으로 정상을 찍은 적이 있는 사람입니다. 그런데 산악 투어라는 스폰서인 동시에 트레킹 전문 여행사 측에서 다시 한번 히말라야를 올라보는 게 어떠냐고 제안을 합니다. 백두산이라는 주인공은 저희 아버지처럼 폐결핵을 앓고 있는 사람으로 나옵니다. 스폰서의 제안으로 히말라야를 다시 오르다가 고산병까지 겪게 됩니다. 그래서 결국 백두산은 죽고 맙니다. 스폰서는 돌려막기식으로 회사를 운영하면서 도망갔다가 검거되며 소설은 끝이 납니다.

이 이야기에서처럼, 우리는 인생의 고비를 넘기 위해 때로는 자신을 극한으로 몰아붙이기도 합니다. 하지만 그런 도전과 시련이 결국 우리를 더 단단하게 만들고, 우리의 인생을 풍부하게 만듭니다. 글쓰기도 마찬가지입니다. 고비를 넘고 나면, 그동안의 노력과 고통이 결코 헛되지 않았음을 깨닫게 됩니다. 그리고 그 모든 경험들이 글 속에 녹아들어, 더 깊이 있고 감동적인 이야기가 탄생하게 되는 것입니다.

그런데 고비라는 게 생각보다 넘기 쉽기도 하더라고요. 저는 처음 데뷔할 때는 5년 동안 작가 지망생을 할 정도로 계속 떨어지고 힘들었어요. 그런데 작가가 된 후에는 2년 동안 6개의 공모전을 통과했습니다. 처음에 당선될 때는 어떤 게 당선이 되는지 몰라서 제가 감이 없었던 거죠. 그런데 한 번 큰 산을 넘고 나니까 감이 생겨서 스스로 '아, 이거 당선되겠는데?'

싶으면 당선이 됐습니다. 그래서 당선 소감을 미리 쓰고 기다렸던 적도 있어요. 그래서 저는 학생들에게도 항상 말합니다. 공모전에 통과해서 등단을 하면 다음 공모전에 또 도전하라고. 그리고 두 번째는 쉽다고 이야기를 합니다.

에베레스트 솔로(solo서기)

『에베레스트 솔로』이 책의 제목 역시 라인홀트 메스너의 책입니다. 라인홀트는 자신의 단독 등반에 무전기를 가져가야 하는지 고민합니다. 24시간 무전기로 베이스캠프와 연락을 주고받는 게 진짜 단독 등반이라고 할 수는 없다고 생각하기 때문이지요. 라인홀트 메스너는 정상에 섰을 때 저 아래 세상과 연결된 끈이 없는 쪽, 즉 홀로 정상에 서서 발아래 산들과 끝없이 펼쳐지는 풍경을 보는 게 더 심오한 경험이라고 합니다. 라인홀트 메스너는 오로지 내면의 목소리에 충실하게 귀를 기울이기 위해 정상에 오르는 그런 자아 경험을 찾습니다.

solo서기. 이 말은 단어 그대로 솔로로 서는 것입니다. 제 인생이 잘나가는 주기가 어느 때였는지를 자세히 들여다보면 옆에 아무도 없을 때였던 적이 많습니다. 무언가에 몰입하고, 집중하고 있는 모습을 발견할 수 있었죠. 예를 들면 공부를 할 때도 같이하는 것보다 혼자 하는 게 잡담도 하지 않고 능률이 오릅니다. 그러고 보면 높이 오르신 분들은 그 등반 과정 때 거의 다 혼자셨어요. 공부를 해서 오르신 분들도 독서실이나 고시원에 갇혀서 시간을 보내시죠. 이건 진짜 제 영업 비밀이라 아무에게도 알려주고 싶지 않았던 건데, 많은 일을 하게 될 수 있던 건 옆에 아무도 없었던 고독한 시간들 덕분이라고 말하고 싶어요.

저는 슬프게도 솔로입니다. 한 사람을 만날 시간에 30명의 학생을 만나고 있습니다. 가끔 저는 그런 생각도 해요. '이제는 단 한 사람이 나를 알아주는 것도 행복하겠구나.' 다른 분들은 연애와 일의 균형을 잘 잡으셔서 두 마리 토끼를 다 잡으시는 분들이 있을 거라고 생각합니다. 그런데 저는 동시에 두 개를 잘 못 해요. 예를 들면 소설을 쓸 때는 통째의 시간이 필요한데 다른 일 못하고 집필만 했어요. 어떤 학생이 저 보고 남자 친구가 생기면 자기 강의가 폐강될 것 같다고 했어요. 진짜 재밌으면서 맞는 말 같아요.

예전에 저도 남자 친구가 있었던 적이 있었는데요. 그때를 생각해보면 남자 친구에게 의지를 많이 했던 것 같아요. 제가 하는 일도 많이 의논하고 '남자 친구가 없으면 난 혼자 못할 거 같다.'라고 생각했던 것 같아요. 그런데 오히려 남자 친구가 홀로서기를 하는 데 방해가 되더라고요. 저는 남자 친구랑 헤어졌던 게 남자 친구를 만날 시간에 내 일에 좀 집중을 해보자 하고 일종의 정신을 차린 건데, 남자분들과 다르게 여자분들은 정신차리자 하고 마음먹으면 남자 친구를 정리하고 돈을 법니다. 남자 친구와 헤어지고 혼자 모든 일을 결정해보고 그랬는데 생각보다 제가 혼자 잘하는 거예요. 주변에서도 혼자서 잘한다는 말을 많이 해줍니다. 저는 저에게 해주는 말을 들으면 제 인생의 피드백이라고 생각했습니다. 그리고 의지하는 사람 대신 하나씩 적용을 해갔습니다.

"홀로 고립된 상황에서 극한을 넘나드는 경험을 통해 두려움을 다스리려 할 때 비로소 나는 살아 있음을 느낀다."

저는 홀로 있을 때 고독감을 느끼지만 동시에 나 자신도 느낍니다. 자기존재감을 느낄 때 살아 있음을 느껴요. 그래서 저는 솔로인 게 꼭 나쁘다고만 생각하지 않아요. 홀로 고립된 상황에서 극한을 넘나드는 경험은 정말로 인간의 깊은 내면을 탐구하는 시간이 될 수 있습니다. 많은 사람들이 홀로 있을 때 고독감을 느끼지만, 이런 고독함은 동시에 나 자신과의 대화시간이기도 합니다. 홀로 있는 상황에서 우리는 주변의 소음과 영향에서 벗어나 자기 자신과 마주할 수 있습니다.

girls on top

우리나라에서 산을 좋아한다는 사람이라면 '오은선' 씨를 모르는 사람은별로 없을 것입니다. 예. 세계 여성 최초로 히말라야 8,000m 고봉 14좌를전부 오른 분이지요. 그리고 조금 더 아신다는 분이면 국내 여성 최초로 세계 7대륙의 최고봉을 오른 인물이라는 것도 알 것입니다. 저는 이런 여성 최초라는 타이틀이 붙은 오은선 씨처럼 글을 써서 여자로서 오를 수 있는 높은 곳까지 올라보고 싶어요.

저는 성격상 듣고 싶은 말을 들어야 합니다. 제가 듣고 싶었던 말 중에 '부모님은 어떤 분이시냐.'라는 말도 있었습니다. 왜 이 말을 듣고 싶었냐면, 그만큼 제가 잘 자랐다는 뜻이 될 수도 있기 때문입니다. 잘 크고 싶어서 이런 말을 듣고 싶었던 겁니다.

제 별명은 일타 강사가 아닌 일탈 강사인데, 어떤 학생이 저에게 제가 일탈을 하고도 다시 제자리로 돌아올 수 있는 이유가 천성이 선하기 때문이라는 거예요. 그러면서 "부모님은 얼마나 선한 분이실까."라고 말해주었습니다. 생각해보니 저희 부모님은 남에게 피해 주는 걸 싫어하는 분이신 것 같습니다. 그래서 이렇게 학생을 통해서 듣고 싶은 말을 들었는데요.

또, 트렌스젠더를 준비하던 학생이 "선생님 같은 여성이 되고 싶어요." 라고 저에게 말했어요. 그 이유가 깊이 있고, 남자다워서라네요. 하하. 약간 엉뚱한 말이죠. 저는 그 말을 여성이 아닌 그 학생에게 들을 줄 몰랐는데 되게 재밌고 좋았어요.

저는 작가 생활을 할 때 글로써 부와 명예를 누리고 싶다는 생각을 했어요. 화려하게 살고 싶다는 생각도 했습니다. 그래서 아직 결혼을 안 한 것 같기도 합니다. 제 친구들은 거의 다 결혼을 했습니다. 그런데 안타까운 건 결혼 전 활발하게 활동하던 친구들이 결혼하고 가정을 만들고 육아를 하면서 인스타그램을 비공개로 전환을 하는 거예요. 물론 아이를 키우는 건 정말 숭고한 일이지만 저는 그 모습이 조금 안타깝기도 했습니다. 분명 여성으로서 충분히 가능성이 있는 친구라 속으로 기대했기때문입니다. 물론 모든 사람의 삶이 가치 있지만 저는 시시하게 살고 싶지 않았습니다.

스물한 살 때 필라테스를 다녔는데 그때 원장님이 40대 여성분이셨어요. 친구들이 자기한테 "나도 너처럼 일하고 싶어."라고 말한다고 했어요. 그러면서 여자가 남자 이름이면 높은 곳까지 올라간다는 말도 해주셨습니다. 제 이름이 좀 중성적이잖아요? 실제 그 말이 맞을지는 모르겠지만, 또 제가 어디까지 올라갈지 모르겠지만 지금은 숨고라는 플랫폼에서 서울 지역 글쓰기 톱 3 안에 제가 듭니다. 1위, 2위는 남자분이고 3위가 여자인 저입니다.

저의 산 오르기는 작가 생활을 할 때뿐만 아니라 강사가 된 후에도 이어집니다. 강사가 된 이후에는 매달 들어왔다가 나가는 학생이 10명 정도 되고 평균 30명 정도의 학생들을 가르치고 있습니다. 저는 숨고라는 플랫폼에서 프리랜서로 활동하고 있습니다. 제가 숨고를 알게 된 건 2021년 12월이었습니다. 그 전에는 다른 사이트에서 학생들을 모집해서 몇몇을 가르쳤는데요. 숨고를 하면서 정말 좋은 학생들을 많이 만났습니다. 숨고를 했던 1년 동안 학생들을 18개의 공모전을 통과시키며 계속해서 산을 오르고 있습니다.

학생들과 저는 서로 업고 업어서 산을 올라가는 존재입니다. 제가 이렇게 계속 강연 사업도 하면서 발전하는 모습을 보여야 학생들이 저를 떠나지 않고 계속 배우지 않을까 하는 생각을 합니다. 그리고 학생들이 제가 산을 올라가도록 영감을 주기도 합니다. "선생님 유튜브 한번 해보시는 거 어때요?"라든지, 커리큘럼에 문학사를 넣어달라는 제안을 합니다. 제가 인상 깊게 읽었던 책 중에 『영향력』이라는 게 있습니다. 언젠가 무엇이 된다면 이 세상에 선한 영향력을 끼치고 싶다고 생각했습니다. 그런데 그게 학생들에게 영향력을 끼칠 수 있는 기회가 온 거죠. 학생들은 제가 강연하는 모습을 보면 덩달아 자기도 자극을 받는다고 합니다. 그리고 제가 좀 에너지가 많고 진취적인 성격인데요. 이런 모습을 보고도 열정을 전해 받는다고 했습니다. 그래서 학생들과 저는 서로 업고 올라가는 관계입니다.

저는 26살에 데뷔를 한 이후에도 여러 번 등단을 계속했습니다. 계속 데뷔한 이유는 여자로서 높이 올라가보고 싶어서였습니다. 저는 여자로 태어난 이상 제가 여자인 걸 긍정하고 있고, 또 제가 여성인 게 좋아요. 여성인 게 좋을 때는 정말 멋진 남성분이 있으면 한번 좋아해보고 들이대 볼 수 있을 때인 것 같아요. 또 제가 글을 쓰는 이유는 여성으로서의 매력을 표출할 수 있는 도구라고 생각하기 때문입니다. 많은 작가분들이 계신데 결혼하고 전업주부로 살다가 남편이 서포트를 해줘서 작가가 되신 분도 있습니다. 그런 분을 볼 때마다 여자로서 자기 목소리를 내기에 어렵지 않고 남성적인 카리스마가 필요하지도 않고 별로 제약이 없는 직업이 작가가 아닐까 하는 생각이 듭니다.

정상에서 만납시다

『정상에서 만납시다』라는 이 말은 동기부여가 지그 지글러의 책 제목이기도 합니다. 제목만으로도 이미 열정과 영감을 줍니다. 지그 지글러는 이 책에서 정상은 일을 통해 성취된다고 말합니다. 또 제가 읽었던 행운에 관련된 책에는 거의 모든 행운은 일로써 온다는 말이 있었습니다. 저는 프리랜서지만 하루도 쉬지 않습니다. 쉬면 괜시리 마음이 불안해지고 집에만 있으면 우울해지기 때문입니다. 제가 이렇게 일하는 여성으로 사는 데는 어머니의 영향도 컸습니다. 저희 어머니는 20년간 회사원이셨습니다. 그래서 저의 유년 시절을 떠올려보면 초등학생 때 운동회에도 오신 적이 없고 집에 가면 항상 어머니가 없었습니다. 그런 어머니의 모습을 보고 저도 일을 열심히 해야겠다는 생각을 했습니다.

저는 묘비명도 생각해놨습니다. 자기 할 일을 잘했던 사람이라고 기억되고 싶고, 그렇게 적히고 싶어요. 저는 사람에게 중요한 두 가지가 있는데 그게 사랑과 일이라고 생각해요. 그런데 조금 더 중요한 게 있다면 저는 일이라고 생각해요.

어떤 분야에서든 정상에 있는 사람들은 자신의 일에 몰입합니다. 자신의 일을 사랑하기 때문에 성공하게 되죠. 이들은 거의 대부분의 시간을 일터에서 보냅니다. 저 역시나 수업이 없을 때도 늘 카페에 출근을 합니다. 수업 자료를 업데이트하기 위해서입니다.

지그 지글러는 일이 모든 병을 치료한다고 표현했는데 저 역시나 수업이 연달아 여러 개 있으면 지치기도 합니다. 그런데 수업을 하고 나면 학생들에게 에너지를 받고 치유가 되는 경험을 했습니다. 심지어 잘생긴 남학생이랑 수업을 하면 제가 없던 힘이 어디서 불끈불끈 솟아서 더 열심히 하게 되고 그랬던 적도 있습니다. 어쩌면 사람은 일을 해야 더 에너지가 생기고 활기차게 살지 않나 싶습니다.

제가 아직 산을 많이 오르진 않았지만, 강연을 준비하고 강연을 무사히 마치면 큰 산을 하나 넘겼다는 생각이 들거든요? 그럼 그때도 내 안의 작은 산의 정상에 올라간 기분이 들어요. 그렇게 강연을 하나 끝마치고 나면 또 강연을 하고 싶어져요. 그래서 그게 또다시 산을 오르는 에너지가 되는 것 같아요. 실제 등산을 하면서 정상에 올라갔을 때의 기분과 내 일을 성취했을 때의 기분이 비슷한 것 같습니다. 여기 계신 여러분도 각자의 분야에서 더 높이 올라가시길 기도하겠습니다. 그럼 우리 정상에서 만나요~!

"고독이란 마음속에서 생겨나는 것이지
외부로부터 생기는 것이 아니다.
때문에 나는 이 힘을 이용할 수 있을 때
비로소 낭가파르트바트 단독 등반에 성공할 수 있다고 생각한다."

– 『검은고독 흰 고독』, 라인홀트 메스너

"등반은 나 자신을 위한 것일 뿐
나라를 위해서 한 것은 아니라고 분명히 말해 두고 싶다.
오직 나 자신만을 위해서였다."

– 『검은 고독 흰 고독』, 라인홀트 메스너

"홀로 고립된 상황에서 극한을 넘나드는 경험을 통해
두려움을 다스리려 할 때 비로소 나는 살아 있음을 느낀다."

– 『에베레스트 솔로』, 라인홀트 메스너

책에 미쳐
글쓰기 산을 오르다

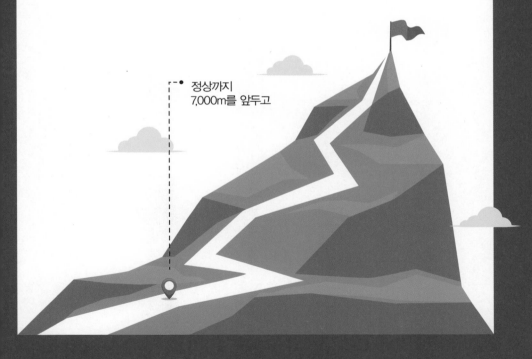

정상까지
7,000m를 앞두고

문학이 우리에게 주는 영감들

〈책에 미친 청춘〉이라는 주제로 로맹가리 카페에서 강연을 하게 되었는데요. 소설을 좀 읽으셨다는 분들은 로맹 가리라는 소설가를 들어보셨을 거예요. 제가 오늘 로맹가리 카페를 섭외한 이유는 소설가 이름이어서예요. 그래서 이 카페 사장님도 책을 좋아하시지 않을까 해서 제안을 드렸는데 아니나 다를까 흔쾌히 허락해주셨어요.

로맹 가리는 중복 수상이 금지된 콩쿠르상을 두 번 받은 작가였어요. 그러다가 나중에는 이전과 같은 호평을 받지 못하자 자신의 이름이 힘을 잃었다 생각했는지 여러 가지 가명을 써요. 그중에 가장 큰 성공을 가져다준 작품은 에밀 아자르라는 이름으로 낸 『자기 앞의 생』이었어요. 바로 이 작품으로 두 번째 콩쿠르상을 수상한 거죠. 로맹 가리는 자신을 한물간 작가로 취급하던 평단을 실컷 비웃어줬어요. 로맹 가리의 유명한 작품 중 『새들은 페루에 가서 죽다』가 있어요. 삶에 치여서 페루의 해변으로까지 밀려와 거기서 카페를 운영하는 내용이지요.

저는 로맹 가리의 작품을 읽으면서 '책에 미친 청춘'이 무엇인지 깨달았습니다. 책에 미친 청춘은 단순히 책을 많이 읽는 것이 아닙니다. 책을 통해 세상을 탐구하고, 자신의 한계를 넘어서며, 끊임없이 새로운 도전에 나서는 것입니다. 로맹 가리는 자신의 삶을 통해 이러한 청춘의 모습을 보여주었습니다. 자신의 이름을 버리고 새로운 가명으로 도전하며, 문학적 성취를 이루기 위해 끊임없이 노력했습니다.

오늘 이 자리를 빌려 로맹 가리의 작품과 그의 생애를 돌아보며, '책에 미친 청춘'의 의미를 함께 나누고자 합니다. 로맹 가리는 자신의 문학적 한계를 넘어서기 위해 끊임없이 도전하고 변신을 시도한 작가였습니다. 그의 삶과 작품은 우리에게 많은 영감을 줍니다.

청춘의 다른 이름, 독서

'젊음' 하면 떠오르는 이미지들 있잖아요. 도전, 모험, 그리고 패기. 그런데 더 이상 이것들은 젊음 하면 바로 떠오르는 이미지가 아니죠. 대신 취업, 토익, 학점, 불안, 경쟁 이런 이미지들이 그 자리를 차지합니다. 그렇다면 이런 치열한 청춘의 시절에 생존할 수 있는 방법이 과연 무엇일까요? 저는 독서라고 말하고 싶습니다.

이게 무슨 말일까요. 남들은 다 치열하게 토익 공부를 하는데 독서를 하라니. 모두 다 토익 공부를 하러 도서관에 갈 때 저는 도서관에서 책만 읽었거든요. 토익 공부를 하는 이유는 대부분이 취업을 하기 위해서잖아요. 저는 책만 읽어서 작가이자 강사가 되었어요. 독서만 했는데 취업에 성공한 거죠. 물론 저는 글 쓰는 사람이라서 가능한 일이라고 생각할 수도 있어요.

그런데 저는 당장의 토익 점수가 아니라 지금 읽는 책이 나의 미래를 말해주고 결정한다고 생각해요. 지금 읽는 책이 내가 무엇을 꿈꾸는지, 무엇을 이룰 수 있는지를 보여준다고 생각해요. 예를 들어 제가 『강연의 시대』라는 책을 읽을 때는 강연자을 꿈꾸고 있었기 때문이고, 지금처럼 미래에 강연자로서 강연을 하고 있는 거겠죠.

당장의 토익 점수보다 『강연의 시대』라는 책을 통해 저는 다양한 인생의 가능성을 발견했습니다. 이 책은 강연이 어떤 중요한 역할을 하는지, 강연이란 무엇인지, 그리고 강연이 삶에 어떤 영향을 미칠 수 있는지를 탐구합니다. 이 책을 읽으면서 저는 강연이라는 새로운 분야에 호기심과 열정을 느꼈습니다.

토익 점수를 높이는 것은 언어 능력을 향상하는 데 중요하지만, 『강연의 시대』라는 책을 읽는 것은 내면의 목소리를 듣고 자신의 역량을 탐색하는 데 있어서 더욱 중요한 역할을 했습니다. 이 책을 통해 내가 어떤 인생을 살고 싶은지를 탐색하고 발견할 수 있었습니다.

저는 올해 33살인데, 20대에 강연 제목처럼 〈책에 미친 청춘〉이었어요. 사람마다 각자 살면서 책에 미치는 시기가 있다고 생각해요. 군대에서 시간이 많아, 사업에 실패하고, 혹은 평생 책을 안 읽다가 40대가 되어. 40대에 책을 미친 듯이 읽기 시작했다고 말하는 분도 저는 이해하는 게 20대, 30대 때는 책을 읽지 않아도 이 세상에 재밌는 게 충분히 많잖아요? 20대 때는 생활의 다른 즐거움들이 많을 것이고, 그에 대한 이해와 경험을 쌓는 시기일 겁니다. 연애를 열심히 한다거나, 술을 왕창 마신다거나, 돈을 부지런히 번다거나, 사람을 자주 만난다거나. 새로운 경험들로 인해 책을 읽는 것이 그다지 필요하지 않을 수 있습니다. 젊음의 활기와 탐구심이 넘치는 시기이기도 하죠.

그럼에도 불구하고 저는 책을 읽는 데 20대의 많은 시간을 할애했습니다. 세상에 재밌는 게 많았지만 제가 20대를 책과 함께 보낸 첫 번째 이유는 작가라는 꿈을 이루기 위해서였어요. 하지만 곰곰이 생각해보면 다른 이유는 책을 읽는 순간에는 치열한 현실에서 도피하는 느낌이 좋아서였던 거 같아요. 그렇게 독서는 제게 비상구 같은 존재였습니다. 현실에 부딪히고 어려움을 겪을 때, 책은 마음의 휴식처가 되어주었습니다.

돈을 벌기 위한 독서

저는 어릴 때 혼자 있는 시간이 많았어요. 엄마가 돈 버시느라 출근해 집에 늘 혼자 있었어요. 혼자 공상에 잘 빠지고 고독한 아이여서 책과 잘 맞았던 것 같아요. 그리고 저는 자기 자신에게 관심이 많았던 애였어요.

제 내면세계를 살피는 데는 독서만 한 게 없죠. 독서는 자아를 발견하고 내면세계를 탐험하는 과정입니다. 혼자 있는 시간이 많았던 저는 독서로 고독한 마음을 치유하고, 다양한 이야기를 통해 세상을 이해하는 데 도움을 받았습니다. 자기 자신에게 관심이 많은 사람은 독서를 통해 자기 내면을 탐구하고, 심리적으로 성장하고자 합니다.

많은 학생과 독서에 관한 이야기를 나누었어요. 제가 "책을 왜 읽으세요?"라고 물었죠. 제 학생들이 책을 읽는 이유 1위가 무엇이었을까요? 바로 "돈을 많이 벌고 싶어서."입니다. 그래서 자기 계발서나 경제학 서적을 읽는 학생들도 많았어요.

그런데 생각해보니 저도 작가로서 성공해 돈을 많이 벌고 싶어서 책을 많이 읽었던 것 같아요. 책 읽기를 돈과 연결한다는 게 천박하다고 생각하는 분들도 있겠지만 저의 생각은 '솔직하다.'였어요. 그런데 실제 돈을 많이 번 유명한 사람들을 보면 다 독서를 좋아했어요.

그중 세계 부자 순위에서 오랫동안 1위 자리를 놓치지 않은 인물이 있어요. 바로 빌 게이츠예요. 마이크로소프트 회사를 만들어 세계의 컴퓨터 시장을 장악한 것은 물론 인류 역사의 흐름을 바꿔놓는 큰 공헌을 했어요. 학교생활을 따분해하던 빌 게이츠에게 그의 아버지는 책을 읽으라고 충고했어요. 그 후 도서관의 책을 독파하며 열 살이 되기 전에 백과사전을 전부 읽을 정도로 빌 게이츠는 엄청난 독서광이었어요.

그다음으로 워런 버핏의 이야기를 해볼게요. 세계 최고 부자 순위에서 1~3위를 벗어난 적이 없는 워런 버핏은 어릴 때부터 돈 버는 것에 엄청난 재능을 보였어요. 여섯 살에 콜라를 팔아서 돈을 벌었고 어린 시절 도서관에 있는 경제 관련 서적을 다 읽을 정도로 책으로 지식을 쌓았어요.

마지막으로 리자청이라는 사람 들어보셨나요? 홍콩 사람이 1달러를 쓰면 그중 5%는 리자청의 주머니로 들어간다는 말이 있을 정도예요. 그 정도로 부자로 꼽히는 거상이에요. 집안이 어려워 중학교 1학년을 중퇴하고 가족을 먹여 살려야 하는 처지에 놓였지만, 손에서 책을 놓지 않았어요. 매일 잠자기 30분 전에 분야를 가리지 않고 책을 읽었어요. 그래야 새로운 지식을 얻을 수 있고 남보다 빨리 최신 흐름을 파악할 수 있다고 생각했어요.

이분들의 공통점이 눈에 보이지 않나요? 바로 책을 읽고 부자가 된 분들입니다. 그래서 저는 제 학생들의 대답이 터무니없다고 생각하지 않아요.

작가가 되기 위한 책 읽기 방법 3가지

1) 베스트셀러

우선 베스트셀러와 스테디셀러의 차이점을 볼게요. 베스트셀러는 다수의 사람들이 선택한 책이라면 스테디셀러는 사람들이 지속적으로 선택한 책이에요. 스테디셀러가 시간이 흘러도 읽을 만한 가치가 생기면 바로 고전이 되는 것이죠.

여러분이라면 베스트셀러 작가가 되고 싶으세요, 아니면 스테디셀러 작가가 되고 싶으세요? 저는 마음 같아선 둘 다 되고 싶은데, 단기간에 돈을 많이 벌고 싶다면 베스트셀러 작가가 맞을 것이고 꾸준히 들어오는 인세를 원한다면 스테디셀러가 맞을 것 같아요.

저는 솔직히 말하면 조금 더 욕심나는 건 베스트셀러 작가가 되는 것입니다. 그 이유는 한 시대를 풍미했던 작가로 기억되고 싶기 때문입니다. 베스트셀러로 인정받는 작품을 통해 많은 독자들에게 영감을 주고, 그들의 삶에 긍정적인 영향을 끼치는 작가가 되고 싶습니다. 또한 베스트셀러 작가로서 인정받는다면 내가 쓴 이야기가 많은 사람에게 사랑받고 기억되는 것을 온몸으로 보고 느낄 수 있을 것이라고 생각하기 때문입니다.

제 학생들은 스테디셀러 작가가 되고 싶다고 합니다. 지속적인 신뢰와 안정성을 추구하는 것 같습니다. 베스트셀러 작가가 되고 싶은 저보다 더 성숙하고 깊이 있는 욕구로 보입니다. 스테디셀러 작가로서 독자들에게 오랫동안 사랑받고 신뢰받는 작가로 남고 싶어하는 것처럼 보입니다. 단기적인 성공뿐만 아니라 장기적인 가치와 영향력을 추구하는 모습이 인상적입니다.

베스트셀러가 되는 경우는 두 가지가 있어요. 첫째는 먼저 책의 저자가 유명해서, 이미 다른 책을 낸 적 있어서 그 저자를 믿고 신간을 구입 하는 경우고요. 두 번째는 출간과 동시에 꽤 많은 분량의 책을 구입하는 경우예요.

여러분은 베스트셀러 책을 많이 읽으시나요? 저 같은 경우엔 '이거 베스트셀러다.'라고 누가 추천해줘서 읽었는데 별로 재미가 없었던 적도 많았어요. 그래서 굳이 서점에 가서 평대에 놓여 있는 베스트셀러 책을 꼭 구입하진 않아요. 그보다 저는 항상 읽고 싶은 책들이 있어서 그걸 찾으러 서점에 가서 책꽂이에 꽂혀 있는, 제가 사야 할 책을 샀던 것 같아요.

그리고 또 다른 이유는, 베스트셀러가 사실은 조작일 수도 있다는 점을 알게 되어서예요. 출판사에서 자신들이 낸 책을 사재기해서 베스트셀러로 만들었다는 뉴스 기사를 본 적이 있어요. 또 출판된 지 얼마 안 되었는데 리뷰가 많으면 한번 의심해볼 필요가 있어요.

2) 참고 문헌

저는 작가로서 글을 쓰면서 자료 조사를 하기 위해 많은 서적을 참고해요. 내 글을 쓰기 위해, 혹은 내 생각을 적기 위해 저는 다른 사람의 생각을 엿보는데요. 이때 다른 사람의 생각을 통해 제 생각을 유추할 수 있어요. 처음부터 내 생각을 정리하는 건 쉽지 않은 일이죠. 그래서 저는 블로그의 글을 참 좋아해요. 타인의 생각을 읽고 제 생각을 끌어올리는 데 도움을 많이 받는 편이죠. 참고 문헌은 그런 역할을 해주는 셈이죠.

여러분, 어떤 책 읽었는데 맨 뒤에 '참고 문헌'이라고 해서 저자가 이 책을 쓰기 위해 참고한 서적들 목록이 쭉 나온 거 보신 적 있죠? 이 목록을 통해 저자가 자신의 주장을 뒷받침하기 위해 다양한 자료를 살펴보았음을 알 수 있습니다.

특히 유명한 인물들의 이야기나 연구 결과를 참고한 경우에는 더욱 신뢰할 만합니다. 이들의 저명한 연구나 경험을 바탕으로 한 정보는 독자들에게 더 큰 신뢰를 줄 수 있기 때문이죠. 그리고 참고 문헌이 있는 이유는 자기가 주장하는 내용을 보충하고 조금 더 풍성하게 하기 위해서예요.

3) 책을 고르는 법

저도 가끔 학생들로부터 책 추천 좀 해달라는 말을 듣는데요. 그만큼 책을 고르는 게 어려운 일이기도 하죠. 책을 고르는 방법은 여러 가지가 있는데요. 첫째 베스트셀러 읽기, 둘째 리뷰 읽고 선택하기, 셋째 내가 공부하고자 하는 분야의 전문가가 추천하는 책인데요.

물론 이 세 가지도 좋지만 저는 0번째로 우연히 만나기를 권해드리고 싶어요. 어떤 책을 우연히 알게 돼서 읽었는데 좋았던 적 있지 않으세요? 저는 그랬던 적이 많아요. 우연히 알게 된 작가의 책을 읽고 너무 좋아서 전작 주의 독자가 된 적이 많아요. 맛집도 그렇잖아요. 우연히 알게 되었는데 너무 맛있는 거예요. 그래서 저는 우연히 만나라고 말씀드리고 싶어요.

우연히 만났을 때 그 감동이 두 배로 오는 것 같아요.

제가 서점에서 우연히 조우했던 작가는 바로 마스다 미리입니다. 한국에서 인기가 많은 일본의 에세이스트이자 만화가죠. 후에 저는 마스다 미리의 전작을 거의 다 읽어보려고 노력했어요. 아시다시피 마스다 미리는 다작을 하는 작가여서 그녀의 별명은 에세이 계의 공무원이죠. 그래서 아직 모든 작품을 읽어보진 못했지만 그래도 절반 이상은 읽은 것 같습니다.

읽지 않은 책에 대해 말하는 법

1) 읽어야 할 책, 읽고 싶은 책

저는 학창 시절 부모님이 공부하라고 하면 문제집 밑에 몰래 책을 넣어놓고 읽었을 정도로 읽고 싶은 책들이 많았어요. 기억나는 책은 『해리포터』 시리즈예요. 여러분들은 뭐였나요? 만화책이나 야한 소설도 있을 것 같아요. 집에는 부모님이 읽으라고 사주신 고전들이 있는데도 제가 읽었던 것들은 그런 책이었죠. 그렇다면 읽기 싫은데 읽어야 할 책이 뭐가 있을까요? 바로 전공 서적이 있겠죠. 또 시험을 위해 보는 책도 있겠죠. 이렇게 우리는 자기도 모르게 읽어야 할 책과 읽고 싶은 책을 구별해요.

저는 여러분이 독서와 친해지려면 당연히 읽고 싶은 책을 먼저 읽기를 권해드리고 싶어요. 읽고 싶은 책을 읽으면서 재미를 붙이는 거죠. 읽고 싶은 책이 판타지여도 상관없어요. 안 읽는 것보단 낫죠. 그렇게 책을 읽다 보면 난독증이었던 사람도 어느새 속독이 되는 경지까지 오를 수 있다고 생각해요. 읽고 싶은 책은 마음을 자극하고 흥미를 유발하고 독서의 즐거움을 키우는 데 큰 역할을 합니다. 우리는 관심 있는 주제나 장르의 책을 읽을 때 그 안에 담긴 이야기에 더욱 몰입하게 되고, 그로부터 새로운 지식과 경험을 얻게 됩니다.

하지만 읽어야 할 책들도 중요합니다. 종종 우리는 일상에서 피할 수 없는 읽어야 할 책들이 있습니다. 이러한 책들은 우리가 관심을 가지지 않을 수도 있지만, 그 안에는 전문 지식이나 우리의 진로에 대한 중요한 정보가 담겨 있을 수 있습니다. 따라서 우리는 이러한 읽어야 할 책들을 무시하지 않고 꾸준히 읽어야 합니다.

결국 독서란 읽고 싶은 책과 읽어야 할 책을 적절히 조화시키는 것입니다. 읽고 싶은 책을 통해 즐거움과 흥미를 느끼며, 읽어야 할 책을 통해 필요한 지식을 습득하고 성장할 수 있습니다. 다양한 책을 읽음으로써 우리는 지식과 경험을 넓히며, 삶을 보다 풍요롭게 만들어나갈 수 있습니다.

2) 소장용 책

여러분 집에 서재 있으신가요? 아니면 책장이라도요, 진짜 어릴 때인 스물한 살 즈음에 저는 서재를 갖는 게 꿈이었어요. 그래서 제가 썼던 소설에도 아버지의 서재가 등장했는데 실제 없기 때문에 바라는 걸 상상하면서 썼죠. 저도 집에 큰 책장이 있었는데, 책장에 꽂혀 있는 책들을 보면서 감탄하면서 그 앞에서 시간을 보내곤 했어요. 어느 날 이런 생각이 들었어요. '내가 이 앞에서 서성이는 시간이면 책을 한 권이라도 더 읽을 수 있겠다.' 그래서 소중하게 여겼던 그 책들을 다 중고 서점에 팔게 됩니다. 그때 엄마랑 캐리어에 싣고 알라딘 중고 서점에 가서 다 팔았는데 팔고 난 돈으로 엄마가 밥솥을 새로 장만하셨어요. 그 정도의 돈이 나오더라고요. 제가 이렇게 책을 다 판 이유는 누군가에게 보여주기 위해서 소장하고 있는 게 아닌가 하는 생각이 들어서예요.

저는 진짜 좋았던 책은 변태처럼 몇 번이고 계속 그것만 보는데요. 그런 책들은 버리지 않고 소장합니다. 얼마 전에 제가 스물한 살 때 읽었던 책이 아직도 집에 있어서 놀랐어요. 그때 읽었던 책들이 자양분이 되었거든요. 그런 책들을 제외하고는 집에 책이 별로 없어요.

3) 책 쇼핑 중독

저는 책 쇼핑 중독입니다. 그래서 사놓고 아직 읽지 못한 책도 많아요. 저는 일주일에 전자책 포함 3권 정도의 책을 구입 하는 거 같아요. 책값도 무시 못하죠. 그래서 끊임없이 돈을 벌어야 합니다. 하하. 저는 글쓰기 강사니까 책을 계속 읽어서 인풋을 만들고 수업 자료를 업데이트해야 해요. 그래서 자료 조사 차원에서 구입하는 게 대부분인데, 그 외에 충동적으로 구입하는 경우도 꽤 있죠. 그런데 이런 충동구매도 저는 나쁘게 보지 않아요. 일단 사놓으면 언젠가는 읽게 되는 거 같아요. 그래서 저는 책 쇼핑 중독은 기꺼이 지지해드리고 싶어요. 물론 집에 자꾸 쌓이는 책을 보고 엄마는 싫어하겠지만요.

4) 도서관에서 빌리기

저는 책을 구입해서도 많이 읽지만 도서관에서도 빌리는데요. 어떤 학생이 사는 책이 더 많냐 도서관에서 빌리는 책이 더 많냐고 물었는데 당연히 도서관에서 빌리는 책이 더 많죠. 그 책값을 다 감당할 수 없거든요.

도서관에서 빌려 보면 기간 내에 반납해야 하는 압박감이 있죠. 그게 싫을 수도 있고 좋을 수도 있어요. 기간 내에 읽어야 하니까 빨리 읽게 되죠. 그러다 기간 내에 못 읽고 반납하게 되면 그 책은 읽지 않은 책이 되는 거죠. 그렇게 읽지 못한 책도 저는 글쓰기에 큰 영감을 줬어요. 제목만 읽은 셈이 됐는데 책 제목이 글에 나온 적도 있고 "아, 그 책 제목만 알아." 하고 아는 척을 할 수 있고요.

도서관에서 책을 빌릴 때도 한 가지 어려움이 있는데 바로 베스트셀러들은 인기가 많아서 다 빌려 갔다는 점이죠. 그런 경우 사서 읽습니다. 도서관에 가면 좋은 점이 많은데 신간 코너도 가지만 저는 눈에 들어왔던 곳이 사람들이 반납한 책이 놓여 있는 책장이었어요. 어떤 책들을 읽고 반납을 했는지 보고 그 책을 우연히 알게 돼서 나도 빌려볼까 하는 생각이 자주 들었어요.

책을 읽는 여러 가지 방법

1) 여러 권 동시에 읽기

책을 읽는 여러 가지 방법들이 있는데 그중 제가 하는 3가지를 소개해드리려고 해요. 여러분들에게는 조금 낯선 방법일 수도 있는데, 우선 첫 번째, 여러 권 동시에 읽기예요. 여러 권의 책을 동시에 읽는 것은 독서 습관을 다채롭게 유지하는 데 도움이 됩니다. 여러 권을 동시에 읽을 때의 장점은 지치지 않는다는 거예요. 새로운 책은 독서의 흥미를 유지하게 한다는 장점이 있어요. 한 권만 읽을 때는 끝까지 읽기까지 집중력이 떨어지고 지루한 부분이 나오면 중도 포기하는 경우가 있죠. 빨리 지치는 분들께 여러 권 동시에 읽기를 추천드리고 싶어요. 예를 들어 화장실에서 똥 쌀 때 읽는 책이 있고, 밥 먹을 때 읽는 책이 있고, 이동 중에 지하철에서 읽기에 적합한 책들이 있을 거예요. 그렇게 동시에 읽는 거죠.

이 방법은 각각의 책이 서로 다른 분야나 장르를 다루는 경우에 특히 유용합니다. 예를 들어, 한 권의 소설을 읽다가 지루할 때 다른 권의 비평서나 자기 계발서를 통해 마음을 전환할 수 있습니다. 이렇게 여러 책을 번갈아가면서 읽는 것은 지루함을 느끼지 않고 다양한 시각과 관점을 경험할 수 있게 해줍니다.

또한, 여러 권의 책을 동시에 읽는 것은 개인의 일상에 따라 적합한 독서 환경을 조성할 수 있습니다. 예를 들어, 외출 중에는 휴대용 디지털 리더기나 소형 책을 가지고 다니며 읽을 수 있고, 집에서는 더 큰 규모의 책을 편안한 공간에서 읽을 수 있습니다. 이렇게 여러 가지 책을 동시에 읽는 것은 독서의 즐거움을 최대화하고, 다양한 환경에서 독서를 즐길 수 있도록 해줍니다.

2) 훑기

다음은 훑기인데요. 알랭 드 보통이라는 작가는 일주일에 책을 100권 훑는다고 표현했어요. 이렇게 책을 많이 읽는 사람은 정독이 아닌 훑기도 하나의 책 읽기 방법으로 사용하는데요. 유명한 시인이자 비평가인 폴 발레리의 이야기를 해볼게요. 이 사람은 제대로 읽지도 않은 작가에 대해 비평을 하고 추도 연설을 할 만큼 배짱이 두둑했는데요. 예를 들어 마르셀 프루스트의 『잃어버린 시간을 찾아서』라는 책 아시죠? 총 8권인가로 구성되어 있을 정도로 긴데 심지어 만연체여서 읽기 정말 어렵죠. 이 책을 다 읽으신 분은 아마 별로 없으실 테고, 얼마나 읽기 힘들면 만화로도 나왔어요. 폴 발레리 역시 이 책을 다 못 읽었나 봐요. 한 권 정도만 겨우 안다고 말했어요. 그래놓고 이 작품의 비평을 썼어요. 언뜻 보면 뻔뻔해 보이지만 바야르라는 작가의 시각은 달라요. 바야르는 제대로 읽지 않았다고 해서 발레리의 비평이 무의미하지 않다고 해요. 오히려 이런 불철저한 독서야말로 폴 발레리의 독창성을 보여주는 것이고 작품과 거리를 두는 이런 독서법을 통해 책에 대한 총체적인 시각을 가질 수 있다고 주장해요. 이것은 발레리의 독창성을 보여주며, 그가 작품을 다른 사람들과 다르게 해석하고자 했다는 것을 시사합니다. 발레리의 비평은 그가 전체를 읽지 않았거나 이해하지 못했더라도 작품에서 발굴한 아이디어를 기반으로 합리적인 주장을 전개할 수 있음을 시사합니다. 이것은 독자가 작품을 완전히 이해하지 못해도 그 안에 담긴 아이디어나 테마에 대해 생각하고 논의할 수 있음을 보여줍니다.

저는 책을 많이 읽어서 속독이 되는데 속독이 다른 말로 훑는 거나 다름 없다고 생각해요. 제 학생 중에 수업 시간에 단편 소설 하나를 읽으라고 시간을 주면 1시간 동안 정독을 하셨던 분이 있었거든요. 저는 그분을 보고도 배웠어요. 저처럼 훑는 것도 좋지만 그래도, 정독하는 게 더 남는 게 아닐까 하는 생각이 들었어요.

정독은 책의 내용을 깊이 있게 이해하고 숙고하는 것을 의미합니다. 독자는 책의 모든 세부 사항을 주의 깊게 살펴보며, 작가가 전달하려는 의도나 테마를 완전히 파악하기 위해 노력합니다. 정독은 보통 시간이 많고 텍스트의 의미를 완전히 이해하고자 할 때 사용됩니다. 예를 들어, 문학 작품이나 전문적인 주제에 대한 깊은 이해를 위해 책을 정독할 때 사용될 수 있습니다.

훑기는 독자가 책의 내용을 전반적으로 파악하고 주요 아이디어나 내용을 빠르게 습득하는 데 중점을 둡니다. 훑기는 보통 시간이 적고 정보를 빠르게 습득해야 할 때 사용됩니다. 예를 들어, 새로운 주제나 분야에 대한 소개를 얻기 위해 책의 목차를 훑어보거나 특정 정보를 찾을 때 사용될 수 있습니다. 훑기는 대략적인 이해를 제공하며, 책의 내용을 깊이 이해하거나 분석하는 데는 적합하지 않습니다.

따라서, 훑기는 빠르고 대략적인 이해를 제공하는 반면, 정독은 깊이 있는 이해와 분석을 위해 사용됩니다. 어떤 독서 방식을 선택할지는 독자의 목적과 상황에 따라 다를 수 있습니다.

3) 지저분하게 읽기

저는 책을 지저분하게 읽는 스타일인데, 감명 깊게 읽은 구절이 있으면 밑줄도 치고, 포스트잇도 붙이고 그 옆에 메모도 하면서 읽습니다. 이때 메모를 하면서 읽는 게 글 쓰는 분이나 쓰고자 하시는 분들께 되게 중요한 게, 이 메모가 하나의 글쓰기의 시작점이 될 수 있기 때문이에요. 저는 도서관에 꽂혀 있는 제 책이 사람들이 많이 봐서 걸레처럼 되어 있다면 되게 기분이 좋을 것 같아요.

사람은 자기가 읽은 책대로 된다

책을 읽는 것은 우리의 삶을 변화시키는 데 큰 영향을 미칩니다. "사람은 자기가 읽은 책 대로 된다."는 저만의 신념이자 경험에서 나온, 제가 지어낸 말입니다. 제가 믿는 책에 대한 신념 중 하나예요. 예를 들면 이렇게 여러분들 앞에서 강연을 하고 싶어서 강연에 관한 책을 읽었더니 그 꿈이 이루어졌잖아요. 책으로 인생이 바뀐 많은 유명한 위인들이 있겠지만, 제 이야기를 해보자면 저는 20대 때 책만 읽었다고 했잖아요. 어떻게 보면 책 읽는 건 당장 돈이 안 될 수도 있는 건데 저는 무모하게, 그리고 순수하게 독서를 했고 그 독서로 내공이 쌓여서 이렇게 글쓰기 강사가 될 수 있었어요. 그때 책을 많이 읽어놓은 게 제가 학생들을 가르칠 때 많은 도움이 되었죠. 예를 들어 어떤 학생이 어떤 주제로 소설을 쓰겠다, 그럼 그 주제에 맞는 제가 읽었던 소설책이 막 떠올라요. 그래서 바로바로 추천을 해줄 수 있더라고요. 또 다른 이야기를 하자면, 제가 『취미로 글쓰기』라는 전자책 에세이를 냈는데 소설만 쓰던 제가 왜 이 책을 냈을까 곰곰이 생각해보니 제가 소설만큼 에세이를 저도 모르는 사이에 되게 많이 읽었던 거예요. 그래서 제가 읽었던 책이 에세이여서 자연스레 제가 읽은 책대로 된 거죠.

제가 도입부에 책을 읽고 부자가 된 인물들에 대해 이야기했잖아요. 책을 읽는 지금 당장은 마음의 양식만 채워줄 뿐 지갑은 못 채워준다고 생각하실 수도 있지만 멀리 보면 그 인물들처럼 독서를 통해 돈을 많이 벌 수 있을 거라고 생각합니다. 저 또한 지금도 이렇게 돈을 더 많이 벌기 위해 독서를 끊임없이 하고 있고요. 제 강연을 들어주신 여러분들도 모두 독서를 통해 부자가 되시길 바라겠습니다!

그 시절, 청춘의 다른 이름은 넘쳐났다.
독서, 도전, 모험, 패기, 취업, 토익, 학점

하지만, 책에 미쳤던 청춘은
'독서'로 글쓰기 산 정상을 향해 올랐다.

읽었던 수많은 책은 고스란히 청춘의 삶이 되었고,

청춘은 작가가 되었다.

당신을 정상으로 이끌
6권의 세르파 북

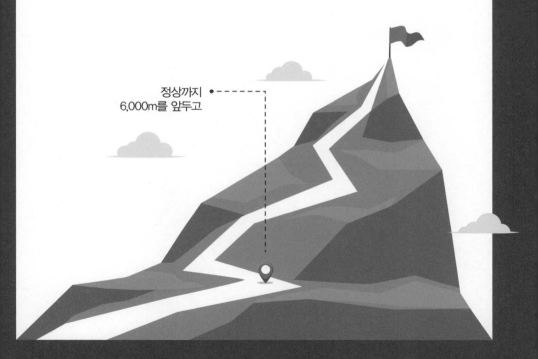

정상까지
6,000m를 앞두고

군대에서 찾은 청춘의 책

여러분들 다 나이가 21살, 22살 그 정도 되시죠? 물론 늦게 입대를 하신 분도 계시겠지만요. 지나고 보면 20대는 혈기 왕성한 나이인 것 같아요. 저는 에너지가 넘쳐서 흐를 정도였어요. 그래서 20대 시절엔 넘치는 체력으로 글도 많이 쓰고 수영도 매일반으로 7년 동안 거의 하루도 빠짐없이 할 정도였어요. 이렇게 혈기 왕성한 청년들이 갑갑한 군 생활을 하려니 얼마나 힘들지 예상이 됩니다. 그래서 이렇게 삶의 열정이 넘치는 제가 에너지를 나눠 드리러 왔습니다. 오늘 이 시간만큼은 여러분의 억눌린 에너지를 다 표출하셔도 좋습니다. 함성과 반응이 크면 클수록 제가 강연을 할 맛이 나겠죠. 오늘 제일 반응이 좋으신 분께 제가 준비해온 간식을 드리도록 하겠습니다!

제가 오늘 여러분과 이야기 나눌 주제는 책인데요. 책은 조용한 곳에서 혼자 읽잖아요? 그래서 정적인 소재라고 여길 수 있지만 저는 생각이 좀 달라요. 책은 다른 자극적인 매체 못지않게 제 가슴을 뛰게 하고 흥분시킵니다. 좋아하는 작가가 신간을 냈다고 하면 가장 먼저 주문을 하고 사인회까지 갈 정도죠. 책이 저뿐만 아니라 여러분의 가슴을 어떻게 두근거리게 만들 수 있는지 함께 알아가보도록 하겠습니다. 정적인 이미지를 깨고, 책이라는 매체가 우리를 얼마나 동적으로 만들어주는지 1시간 반 동안 함께 해보도록 하겠습니다!

저는 여러분들이 책을 읽는 이유가 궁금해요. 여러분들은 책을 왜 읽으세요? 독서에 관한 근본적인 질문 중 하나는 "책을 꼭 읽어야 하는가?"인데요. 책을 안 읽어도 먹고사는 데는 지장이 없습니다. 하지만 책을 꼭 읽어야 하는 이유도 몇 가지 있다고 생각해요. 책을 통해 우리는 간접경험을 할 수 있죠. 우리 인간이 경험할 수 있는 범위는 한계가 있죠. 책을 통해 자신이 경험하지 못한 것에 대해 알게 됩니다. 또 책을 읽으면 영감과 상상력이 샘솟습니다. 책을 읽지 않으면 자신이 보고 들은 것만으로 창의성을 발휘할 수밖에 없죠.

군대가 준 선물 [입대-실무 배치-훈련-병장]

『상처받을 용기』

입대하실 때의 풍경 기억나시나요? 부모님은 울고, 여자 친구는 배웅해주고. 다들 아쉬운 마음으로 사랑하는 이들을 뒤로하고 오셨을 텐데요. 여러분 나이가 대부분 20대 초반이시니까 군대가 첫 사회생활일 수도 있겠네요. 사회생활을 하다 보면 가장 힘든 게 무엇일까요? 일? 일보다 더 힘든 게 있죠. 바로 인간관계입니다.

이 시기에 읽을 만한 책으로 저는 『상처받을 용기』를 추천해드리고 싶은데요. 사회생활 혹은 군대 생활을 하다 보면 나와 맞지 않는 사람이 분명히 존재합니다. 그럴 때 이 책은 모두에게 사랑받을 필요는 없다고 말하는데요. 저도 그렇게 생각해요. 나라는 사람이 모두의 입맛에 맞을 수는 없다고 생각해요.

책을 예로 들어보면 노벨 문학상이나 베스트셀러도 어떤 사람에게는 재미가 없고 취향에 안 맞을 수 있잖아요? 그래서 나를 싫어하는 사람이 있는 건 당연한 일일 수도 있다고 생각합니다. 군대 생활을 하면서 나와 안 맞는 사람이 있다면 '그래, 아무리 맛있는 음식도 내 입엔 안 맞을 수도 있지.'와 같이 쿨하게 넘겨보시는 건 어떨까 싶습니다. 음식과 같이 인간관계도 각자의 취향과 입맛이 있기 마련이죠.

그게 다양성이고, 그 다양성이 더 풍요로운 사회를 만든다고 생각해요. 나와 안 맞는 사람이 있다면 그건 그냥 다양한 맛을 즐기는 것과 같아서, 쿨하게 넘기면서도 서로를 존중하는 마음을 가지는 것이 중요하겠죠.

이 책의 저자는 오히려 나에게 상처를 주는 사람이나 상황에 대해 단호하게 맞설 수 있을 때, 그리고 모두에게 사랑받을 수는 없다는 것을 자각하는 데서 문제를 해결할 수 있다고 말합니다. 여러분들도 이렇게 생각해 보는 건 어떨까요?

『죽은 시인의 사회』

다음으로 추천해드리고 싶은 책은 『죽은 시인의 사회』인데요. 이 책은 1990년대에 영화로도 각색되어 나온 소설입니다. 이 책은 자유와 열정, 도전에 대한 이야기를 담고 있어 군대 생활 중 꿈과 목표를 다시 생각해보게 만들어줄 거예요. 군대는 자신의 한계를 시험하는 시기이기도 하죠.

훈련소 생활은 녹록지 않죠. 생전 처음 접하는 낯선 문화와 절제된 행동, 엄격한 규율과 제약으로 이어지는 24시간이 자유롭게 살던 청년들에게는 고통스러운 시간이죠. 철저히 개인이었던 사람들이 공동체라는 울타리를 형성해가는 과정에는 수많은 사건과 우여곡절이 있으리라 봅니다.

이 소설은 사회적 규범과 맞서 싸워 새로운 길을 찾는 주인공의 이야기를 통해 독자들에게 용기와 도전의 중요성을 강조합니다. 군대에서는 새로운 환경에 적응하는 것과 동료들과의 관계에서도 이러한 가치들이 중요하게 다가올 거예요.

이 책은 예술과 창의성의 가치에 대한 이야기도 담고 있어 군대 생활 중에도 창의적인 사고를 길러주고 희망을 심어줄 수 있어요.

예를 들어, 소설 속에 나오는 키팅 선생님은 학생들에게 시를 통해 자신의 감정을 표현하도록 격려합니다. 전통적인 교실 수업을 탈피하여 학생들에게 시를 낭독하게 하고 직접 쓰게 하면서, 자신만의 목소리를 찾고 감정을 자유롭게 표현하는 방법을 가르칩니다. 이러한 방식은 평소에 억압받고 있던 감정을 해방시켜주고, 자신만의 독창적인 시각을 발전시키는 데 큰 도움이 됩니다.

군대 생활에서도 이와 같은 예술적 표현은 중요한 역할을 할 수 있습니다. 엄격한 규율과 제한된 환경 속에서도 예술은 개인의 감정을 표현하고 스트레스를 해소하는 도구가 될 수 있습니다. 예를 들어, 군인들은 짧은 휴식 시간에 시를 쓰거나 그림을 그리면서 자신의 생각과 감정을 정리하고 표현할 수 있습니다. 여러분 중에서 혹시 군대에서 예술을 하고 계신 분이 있을까요?

『중용(中庸)』

군대 실무 배치는 새로운 환경에서의 도전과 맞닥뜨리게 되는 시기인데, 『중용(中庸)』을 읽으면 여러모로 도움이 될 거예요. 중용은 중도를 향한 지혜와 균형을 강조하는 책으로, 실무 배치에서는 적응과 균형을 찾는 데 도움이 될 겁니다.

중용은 리더십과 지도력에 대한 중요한 교훈을 제공합니다. 군대에서는 실무에서의 리더십이 필수적인데, 중용을 통해 올바른 리더십의 원리를 익히고 동료들과의 상호작용에서 중도를 유지하는 방법을 배울 수 있어요.

군대에서는 도덕적인 판단이 중요한데, 중용은 도덕과 윤리에 대한 깊은 이해를 제공합니다. 어려운 상황에서도 도덕적인 선택을 할 수 있도록 도와주고, 다양한 상황에서 중도를 유지하는 지혜를 얻을 수 있어요. 군대에서는 상관의 명령을 따르는 것이 기본이지만, 때로는 명령이 도덕적 딜레마를 초래할 수 있습니다. 예를 들어, 상관이 비도덕적인 방법으로 임무를 수행하라고 명령할 경우, 중용의 원칙을 통해 도덕적인 판단을 내릴 수 있습니다. 이때 대원은 명령에 맹목적으로 따르기보다, 도덕적 기준과 윤리를 바탕으로 상관에게 상황을 설명하고 대안을 제시할 수 있습니다. 이러한 행동은 도덕적 용기와 책임감을 보여주며, 군 조직 내에서 도덕적 기준을 높이는 데 기여할 수 있습니다.

중용은 군대에서의 팀워크와 협업에도 큰 도움이 됩니다. 중도를 찾음으로써 팀원들과의 조화를 이루는 법을 배울 수 있어, 실무 배치에서의 효과적인 협업에 도움이 될 거예요. 예를 들어, 새로운 작전 계획을 세울 때 각 대원의 역할을 공정하게 분배하고, 모든 의견을 경청하는 태도가 필요합니다. 중용의 원칙을 따르면, 팀원들과 조화를 이루고 효과적인 협업이 가능합니다. 실무 배치에서 한 대원이 과도한 책임을 지게 되는 경우, 중용의 가르침을 통해 그 책임을 분배하고, 모두가 균형 있게 임무를 수행할 수 있도록 돕습니다. 이러한 이유들로 중용은 군대 실무 배치에서의 경험을 더욱 의미 있게 만들어줄 수 있을 것입니다.

훈련 시기에는 끈기가 필요할 수도 있을 거 같단 생각을 했어요. 힘든 시기니까요. 끈기를 가지고 읽으면 좋을 게 바로 고전이죠.

고전이란 오랫동안 많은 사람들에게 읽히고 모범이 되는 작품입니다. 그런데 왜 모범이 될까요? 개인의 삶뿐 아니라 다른 사람과의 관계에 얽혀 살아가는 사회 시스템에서 바쁘게 살아가는 자신의 삶에 대해 생각할 시간을 가질 기회를 주기 때문이지요.

"길고 짧은 건 대봐야 안다."라는 속담이 있죠. "밥인지 죽인지는 솥뚜껑을 열어보아야 안다."는 속담도 있어요. 이처럼 고전이 어려울지 쉬울지도 읽어봐야 압니다. 어려운 고전도 있겠지만 생각보다 쉽게 읽히는 고전도 있어요.

생각보다 쉽게 읽혔던 고전 중에 제일 기억나는 게 저는 박지원의 『열하일기』였어요. 제목을 보면 뭔가 대하드라마 같은 느낌이 나는데 실은 일기여서 굉장히 솔직하고 담백해요. 열하일기의 열하는 당시 청나라 수도에서 북쪽에 위치한 지명이에요. 대륙의 여름은 우리나라의 여름보다 훨씬 무더워요. 그래서 청나라 황제가 여름에 피서를 가곤 했는데 그 장소가 바로 열하죠. 남의 일기 읽으면 어떠세요? 재밌죠. 그런 느낌이에요.

고전을 읽기 위해 필요한 두 가지가 있어요. 시작할 용기와 지속할 끈기. 모두 용기를 가지고 도전했으면 좋겠습니다. 고전은 어려울 수밖에 없어요. 아주 오래전 우리와 생활 방식과 사고방식이 달랐던 사람들이 다른 언어로 썼기 때문이죠. 그래서 누구에게나 어려워요. 그래서 끈기가 필요해요. 끈기가 있어야 어려움 속에서도 한 글자씩 책을 읽어내려갈 수 있습니다.

『논어』

어쩌면 군대는 그간 미루고 미루어왔던 고전을 제대로 읽어볼 절호의 기회가 아닐까 싶습니다. 그래서 저는 제가 좋아하는 고전인 『논어』를 추천드리고 싶은데요.

먼저 책의 제목인 논어는 무슨 뜻일까요? 글자 그대로 보면 논하다는 뜻의 논과 말하다는 뜻의 어로 이루어져 있어요. 쉽게 풀이하면 어떤 주제에 대해 논하는 말 정도의 뜻이 되겠죠. 그런데 우리는 통상 공자의 어록이라고 알고 있어요.

논어에는 공자가 가르치기만 하는 모습뿐 아니라 토론하는 것처럼 보이는 경우도 나와요. 논어에도 자기 생각과 의견을 가진 이들이 등장하죠. 예를 들면 공자에게 맨날 혼나던 자로가 나중에는 공자 앞에서 자기가 생각하는 원칙을 당당하게 천명해요. 서로 질문하고 대답하는 이런 걸 보면 단순히 공자의 어록이 아니죠. 그래서 공자와 그 제자들의 어록이라고 부르기도 한 거예요.

아마도 논어를 읽어보신 분들은 자로라는 인물을 아실 거예요. 자로는 논어에 41번이나 나와 공자 다음으로 가장 많이 등장합니다. 자로가 있었기에 논어가 조금은 재미있는 책이 되었고, 자로라는 인물 덕택에 공자가 더 돋보일 수 있었습니다. 자로는 공자에게 가르침을 받기만 했던 게 아니라 공자에게 충고하고, 때로는 공자의 개인적인 고민을 들어주기도 해요.

군대 생활에서도 『논어』는 많은 교훈을 제공합니다. 공자의 가르침을 통해 리더십과 인간관계에 대한 통찰을 얻을 수 있고, 자로와 같은 인물들의 예를 통해 자신의 의견을 표현하고 토론하는 방법을 배울 수 있습니다.

군대라는 공동체 생활 속에서는 공자와 제자들의 대화처럼 상호 존중과 배려가 중요합니다. 논어를 통해 우리는 타인과의 관계를 어떻게 형성하고, 서로 배우며 성장할 수 있는지를 배울 수 있습니다.

특히, 공자가 자로에게 묻는 장면은 매우 인상적입니다. 공자는 자로를 비롯한 제자들에게 질문을 던지며 그들의 의견을 듣고 존중하는 모습을 자주 보입니다. 이러한 장면은 공자가 단순히 가르치는 위치에만 있는 것이 아니라, 제자들에게서도 배울 점이 있다고 생각하며 겸손하게 그들의 의견을 구하는 것을 보여줍니다.

예를 들어, 공자가 자로에게 어떤 상황에서 어떻게 행동해야 할지 묻는 장면이 있습니다. 이는 공자가 제자의 경험과 통찰을 존중하고, 그들의 생각을 진지하게 고려한다는 것을 나타냅니다. 이러한 겸손한 태도는 리더가 단순히 명령을 내리는 존재가 아니라, 팀원들의 의견을 존중하고 함께 해결책을 모색하는 동반자임을 보여줍니다.

여러분들 부대 내에서 모임 같은 거 만들 수 있는지 모르겠지만 고전을 읽기에 좋은 게 독서 모임이에요. 실제 저도 독서 모임을 진행하고 있는데요. 제가 독서 모임을 추진한 이유가 학생들에게 고전의 중요성을 알리기 위해서였어요. 제가 진행하는 독서 모임의 책 커리큘럼이 다 고전으로 되어 있거든요. 사실 요즘 나오는 책들은 마음만 먹으면 언제든지 읽을 수 있어요. 그런데 고전은 이렇게 독서 모임에서 강제로라도 커리큘럼이 있어야 읽거든요. 제가 진행하는 독서 모임에서는 책 한 권을 요약해줘요. 그래서 해당 고전을 안 읽어 와도 독서 모임을 한 번 하고 가면 그 책에 대해서 아는 척을 할 수 있게끔 해주는 것. 그게 저의 목표였어요. 만약 부대 내에 독서 모임이 없다면 누군가가 한 번 추진해보는 것도 좋을 것 같아요.

『시크릿』

　군대에서 병장으로 지내고 나서 사회에 나가려는 시기에는 많은 도전이 기다리고 있을 거예요. 론다 번의『시크릿』은 긍정적인 마음과 목표 달성을 위한 비전을 강조하는 책으로 유명해요. 이 책은 성공과 행복을 찾는 데 도움이 되는 다양한 생각과 전략을 제시합니다. 긍정적인 에너지를 유지하고 목표에 대한 강력한 통찰력을 얻을 수 있어서, 새로운 도전에 임하는 데 도움이 될 거예요.

　병장에서 제대한 후에는 새로운 사회생활을 시작하는 것이 큰 도전일 텐데, 목표를 설정하고 이루기 위한 긍정적인 마음을 갖추는 것은 정말 중요해요. 어려움에 부딪혔을 때도 긍정적으로 생각하고, 목표를 향해 꾸준히 나아가는 자세는 여러분이 세운 목표를 달성하는 데 큰 도움이 될 것입니다.

　어떤 사람은 론다 번의『시크릿』이 논리가 없고 비약적인 글이라 싫다고 하지만 사실 저는 이런 글을 되게 좋아해요.『시크릿』,『꿈꾸는 다락방』이런 류는 제가 제일 좋아하는 책이에요.

　우리의 삶은 때로는 논리적인 설명으로는 완전히 이해하기 어려운 순간들이 많아요. 론다 번은 마치 우주에 바라는 것을 말하듯이 우리의 목표와 꿈을 명확하게 설정하고, 그에 대한 강력한 믿음과 긍정적인 생각을 통해 원하는 것을 끌어당길 수 있다고 주장하죠. 이는 논리적인 근거로 설명하기 어려운데도 많은 독자들이 공감하는 부분입니다. 우리의 인생은 분명 끌어당김의 법칙이 있고 말로 설명할 수 없는 강력한 힘이 있다고 생각해요.

우리 주변에는 설명하기 어려운 현상들이 많이 있죠. 때로는 감정, 직감, 운명 같은 것들이 우리의 선택과 행동에 크게 영향을 미치곤 해요. 『시크릿』은 이러한 측면을 강조하여 독자들에게 자신의 삶을 긍정적으로 변화시키기 위한 강력한 메시지를 전하고 있어요.

또한, 여러분이 아직 어리다는 점은 오히려 여러 분야에서 도전해볼 기회가 많다는 의미일 수 있어요. 다양한 경험을 쌓으면서 자신의 관심과 역량을 발견하고 성장할 수 있는 시기이기도 해요. 『시크릿』을 읽고 긍정적인 에너지를 충전하고 새로운 도전에 적극적으로 나서보세요.

『자유로부터의 도피』

여러분이 군대에 오시면 이제 자유가 없잖아요? 그래서 자유로부터 반강제적으로 도피하셨는데 사실 그런 시선의 책이 아니에요. 입대하라는 통지서가 와서 입대하셨겠지만 결국엔 시기에 맞춰 자발적으로 입대하시는 거잖아요? 그거랑 이 책의 시선이 비슷해요. "우리가 자유롭지만 동시에 외롭지 않으려면 자발성이 중요하다."고 에리히 프롬은 말합니다. "자발적인 활동이 인간이 본래 모습을 잃지 않고 고독을 극복할 수 있는 방법이다."라고 말합니다.

『자유로부터의 도피』는 여러분이 군대에 와서 느끼는 자유의 상실과는 조금 다른 관점에서 자유에 대해 이야기하는 책입니다. 군대에서는 일정 기간 동안 자유를 제한받고 규율에 따르며 생활하게 되지만, 에리히 프롬이 이 책에서 말하고자 하는 자유는 우리가 일상에서 경험하는 더 깊은 차원의 자유입니다.

에리히 프롬은 현대사회에서 사람들이 겪는 고독과 불안을 해결하기 위해 자발성이 중요하다고 강조합니다. 우리는 자유롭게 살고 있는 것처럼 보이지만, 그 자유는 종종 외로움과 고립을 수반합니다. 프롬은 이러한 외로움을 극복하기 위해 우리가 진정으로 자발적이고 창의적인 활동을 해야 한다고 말합니다. 그는 진정한 자유는 단순히 외부의 억압이 없는 상태가 아니라, 자신이 원하는 바를 능동적으로 선택하고 실천하는 삶에서 나온다고 주장합니다.

예를 들어, 군대에서는 많은 규율과 제한 속에서 생활하지만, 그 속에서도 자발적인 행동과 선택이 중요합니다. 여러분이 자발적으로 규율을 따르고, 자발적으로 동료들과 협력하고, 자발적으로 자신의 역할을 충실히 수행할 때, 비로소 그 생활 속에서 의미와 만족을 찾을 수 있습니다.

이런 자발성은 군대 생활의 단순한 생존을 넘어서, 자신의 성장을 도모하고 공동체에 기여하는 중요한 요소가 됩니다. 프롬은 자발적인 활동이 인간이 본래의 모습을 잃지 않고 고독을 극복할 수 있는 방법이라고 말합니다. 이는 군대에서도 적용될 수 있는 중요한 교훈입니다.

예를 들어, 군대 훈련이나 임무 수행에서 단순히 명령을 따르는 것을 넘어, 자신의 역할을 능동적으로 이해하고 창의적으로 임무를 수행하는 것이 필요합니다. 이러한 자발성은 자신을 더욱 능동적이고 주체적인 존재로 느끼게 하며, 군대 생활에서도 자신만의 의미와 목적을 발견하게 합니다.

여러분, 오늘 강연을 통해 조금 이나마 도움이 되었기를 바랍니다. 군 생활은 때로는 힘들고 지칠 때도 있겠지만, 이 시간들이 여러분을 더 강하게, 더 성장하게 만들어줄 것입니다. 여러분 한 분 한 분이 모두 소중하고, 각자의 자리에서 최선을 다하고 있다는 것을 잊지 마세요. 앞으로의 남은 군 생활 동안에도 서로를 응원하고 격려하면서 함께 이겨내길 바랍니다. 여러분의 모든 노력과 헌신에 깊은 감사를 드리며, 남은 군 생활 동안 여러분 모두의 건강과 행복을 기원합니다. 여러분의 밝은 미래를 응원합니다. 힘내세요! 마지막으로, 해병대의 정신을 담아 외치겠습니다. 필승!

입대는 나를 변화시킬 도전의 시작이었다.

적응과 균형의 시간인 실무 배치를 마치고
끈기와 인내를 배울 수 있었다.

사회로 향하는 내게 군대는
강인한 정신이라는 선물을 주었다.

나는 글쓰기 산을 오르는 프로 작가입니다

오솔길을 따라 정상을 향해

정상까지
5,000m를 앞두고

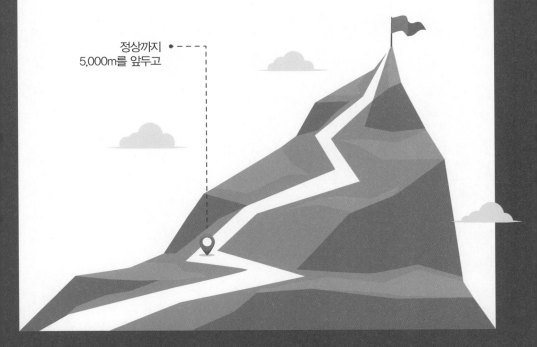

작은 길에서 시작된 큰 꿈

여러분, 오늘은 〈오솔길을 따라 작가가 되다〉라는 주제로 함께 이야기를 나누려고 합니다. 저는 평소에도 오솔길을 걷는 것을 좋아합니다. 어린 시절에는 평범한 오솔길을 걸으며 상상력을 키우기도 했습니다. 작은 꽃 한 송이나 길에서 만난 할머니를 보고도 이야기를 떠올리곤 했습니다.

제가 작가가 되기 위해 걸었던 길은 오솔길과도 같았습니다. 처음에는 낯설었지만 그 길에서 얻은 인사이트들이 있었습니다. 작가로서의 길이 항상 직진만은 아니었습니다. 때로는 갈림길에 서 있을 때도 있었죠. 그럴 때마다 많은 사람들이 가지 않는 오솔길을 선택했듯이, 제 자신의 목소리와 이야기를 따라갔습니다. 이러한 과정 속에서 좌절도 있었지만 지금 생각해보면 오히려 저를 더 강하게 만들어주었습니다. 작품을 완성하면서 무언가를 내 힘으로 이뤄보는 경험을 해봤습니다. 덕분에 멘털이 강해졌고 또 작가에서 강사까지 도전했죠.

다른 이들이 가지 않는 길을 택했지만, 제가 얻은 경험은 저를 더욱 풍부한 사람으로 만들어주었습니다. 평범한 회사원이 될 수도 있었지만 작가로서의 꿈을 향해 나아가기로 결정했습니다. 어려운 선택이었지만 그 선택 덕분에 저는 지금 이렇게 여러분들 앞에 설 수 있게 되었습니다.

그래서 오늘은 제가 걸었던 길을 공유하고 싶습니다. 오솔길에서 얻은 영감과 경험을 말이에요. 이 작은 오솔길이 여러분에게도 큰 영감이 되길 바랍니다. 함께 여행하는 동안 새로운 아이디어와 감동을 발견할 수 있기를 기대합니다.

로버트 프로스트의 「가지 않은 길」이라는 시처럼 노란 숲속에 두 갈래 길이 있다면, 저도 사람이 덜 간 길을 택했던 것 같아요. 제가 회사원이 되지 않고 작가의 길을 선택한 것은 마치 적은 사람이 다니는 오솔길을 택한 것과 같았습니다. 대다수가 선택하는 길은 안전하고 예측 가능하죠. 하지만 제가 선택한 작가라는 오솔길은 조금 울퉁불퉁하기도 했어요.

글이 내게로 왔다

종종 어쩌다 글을 쓰게 되었느냐는 질문을 많이 받습니다. 그때마다 저는 글이 내게로 왔다고 말하는데요. 어떻게 보면 논리적이지 않은 말이죠. 이게 무슨 『시크릿』 책 같은 말이냐고 생각하실 분도 있을 거 같아요. 저는 신내림을 받듯 어느 날 갑자기 글을 쓰고 싶다는 마음이 생겼어요.

그런데 또 자세히 들여다보고 요리조리 짜 맞춰보면 제가 놓였던 환경이 저를 글을 쓰게 만들었던 것 같아요. 여러분들이 경험하고 있거나 경험했던 나이인 고2 때 처음 글을 썼는데요. 당시 저는 어떤 한 예술고등학교의 영화과 학생이었어요. 예고가 이렇게 규율이 심한 줄 모르고 갔는데 너무 저랑 성향이 안 맞는 거예요. 다니면서 불행했고 힘들었어요. 심지어 자퇴를 하려고 고민하기까지 했는데 용기가 없어서 그냥 참고 다녔어요.

지금 생각해보면 예술가적 성향이 있다고 해서 꼭 예술 학교에서 교육을 받아야 하는 건 아닌 듯합니다. 다른 곳에서 공부하면서 인문학적 소양을 갖춘 예술가가 될 수도 있고요.

영화 〈죽은 시인의 사회〉를 혹시 아시나요? 거기에 나오는 웰튼 아카데미가 딱 제가 다닌 학교와 비슷했어요. 전통과 규율을 중시하는… 모교를 욕하는 것 같아서 더 깊게는 말하지 않겠지만 이런 부조리한 상황을 못 보는 저의 성향과는 정말 맞지 않았어요. 존 키팅 선생님이 이런 말을 하잖아요.

"그 누구도 아닌 자기 걸음을 걸어라.
나는 독특하다는 것을 믿어라."

저에게는 실제 이런 말을 해주는 선생님은 없었지만 누가 시키지 않았는데 제가 이렇게 산 것 같아요. 하하. 영화과에서 영화를 만들면서 글을 쓰겠다고 저만의 걸음을 걸었죠. 지금 생각해보면 정말 이것이야말로 오솔길을 걸었던 것 같아요.

알랭 드 보통이라는 작가가 이런 말을 했어요. 우리가 사는 삶이 파라다 이스면 글을 쓰지 않는다고. 고등학생이었지만 사는 게 되게 힘들었어요. 안 맞는 환경에서 참고 살아야 한다는 게 굉장히 고통스러웠죠. 정확히 말하면 저는 사는 게 힘들어서 글을 썼어요.

외로움은 좋은 친구

저는 원래 친구가 진짜 없거든요? 그런데 작가 생활을 하면서 친구가 더 없어졌어요. 책 읽고 글만 쓰다 보니 사람을 만날 수가 없어요. 책 읽고 글 쓰는 일은 둘 다 혼자서 하는 고독한 일이잖아요.

그나마 강사 생활을 하면서 사람을 많이 만나게 되었어요. 끊임없이 새로운 학생이 들어오니까요. 원체 친구가 없다 보니까 학생들이 제 친구가 된 거예요. 저는 지금도 친구랑 술을 안 먹고 학생들이랑 술 먹어요. 어떤 학생이 저 보고 친구가 없는 성향 때문에 지금 많은 학생을 만나게 된 것 같다고 했어요. 그 말의 뜻을 잘 이해 못했는데 저는 이렇게 해석했어요. 친구를 만날 시간에 책을 읽고 글을 써서 이 분야의 전문가가 돼서 많은 학생을 만나게 된 거라고. 너무나도 많은 시간을 책 읽고 글 쓰는 데 쏟아 부으면, 자연스럽게 사람들과의 교류가 줄어들게 됩니다. 그런데 그것이 이 분야의 전문가가 되기 위한 필연적인 과정이라고 생각했어요. 외로움은 참 좋은 친구 같아요.

처음 글을 쓰겠다고 했을 때 굉장히 외로웠어요. 주변에 글 쓰는 친구가 없었거든요. 파리의 한 유명한 카페는 헤밍웨이나 사르트르가 문학을 논했던 곳으로 유명한데요. 그 외에도 작가들이 모여서 술을 한잔하면서 문학에 대한 열정을 논했던 이야기를 들어보셨을 거예요. 그런 거 보면 글 쓰는 일은 참 외로운 일이어서 글 쓰는 친구가 꼭 필요한 것 같아요.

작가로서 기회가 오다

저는 작가와 강사를 같이 하고 있잖아요. 작가가 먼저 된 후 강사가 되었죠. 작가이면서 동시에 강사인 분도 있고 강사만 하는 분도 있어요. 수강생 입장에서 봤을 때 누가 더 메리트가 있을까요? 대다수가 작가이면서 강사인 분을 택합니다. 선생님이 먼저 어떻게 쓰는지 시범을 보여야 믿음이 가기 때문이죠. 기성 작가인 저를 스승으로 선택한 학생들은 공통적으로 이런 말을 했어요.

"선생님이 저보다 글을 더 많이 써봤으니까 글 쓰는 사람의 마음을 잘 헤아릴 수 있으실 거 같았어요."

맞는 말이에요. 그래서 저는 학생들을 가르칠 때 되도록 작가로서의 자존심을 건드리지 않으려고 조심하고 또 조심해요. 제 학생들은 아직 데뷔를 하지 않았지만 글을 쓰는 분들이니까 이미 작가로 대하죠.

강사를 하다 보면 다양한 곳에서 강연 의뢰가 들어오고 좋은 제안도 많이 받게 됩니다. 해가 바뀔 때마다 '올해는 또 어떤 기회가 내게 올까?' 하는 기대감에 가슴이 설렙니다. 이러한 설렘 덕분에 강사로서의 삶은 매일 매일 새로운 기대로 가득 차 있습니다. 그래서 저는 아침을 특히 좋아합니다. 매일 아침은 또 다른 기회를 맞이할 수 있는 시작이기 때문입니다.

저는 학생들 사이에서 일찍 일어나는 사람으로 유명합니다. 아침 일찍 저에게 카카오톡 메시지를 받거나 피드백 파일을 받아본 학생들은 제가 아침부터 일하는 걸 잘 알고 있죠. 저는 매일 아침 6시에 일어나 씻고 나갈 채비를 한 후, 6시 30분쯤 되면 저의 사무실로 향합니다. 이렇게 아침 일찍 일어나는 이유는 단순합니다. 하루하루가 너무나도 설레기 때문입니다. 아침은 저에게 새로운 가능성으로 가득 찬 시간입니다. 아직 모두가 잠든 시간에 조용히 하루를 준비하며, 오늘 하루가 어떤 멋진 일들로 채워질지 기대하는 순간은 참으로 특별합니다.

사무실에 도착하면, 커피 한잔을 마시며 하루 일정을 점검합니다. 메일을 확인하고, 강연 자료를 준비하며, 새로운 아이디어를 구상하는 이 시간이 제게는 소중합니다. 아침의 고요함 속에서 집중할 수 있는 이 시간은 하루에 활력을 불어넣어줍니다.

학생들과의 만남 역시 큰 기쁨입니다. 강의를 통해 새로운 사람들을 만나고, 그들과 소통하며 배움을 나누는 과정에서 얻는 만족감은 이루 말할 수 없습니다. 강연 후 학생들이 보내주는 긍정적인 피드백과, 그들이 변화하는 모습을 볼 때마다 저는 큰 보람을 느낍니다.

강사 생활은 끊임없이 새로운 도전과 학습을 요구합니다. 매일매일 다른 주제와 다른 사람들을 만나며, 저 또한 계속해서 성장하고 발전할 수 있습니다. 이러한 과정에서 저는 많은 것을 배우고, 또한 많은 것을 나눌 수 있는 기회를 갖게 됩니다.

그래서 저는 아침이 좋습니다. 오늘은 어떤 멋진 일이 일어날까? 어떤 새로운 기회가 나를 기다리고 있을까? 이런 생각들로 가득 차 있기에, 아침마다 일찍 일어나 하루를 시작하는 것이 전혀 힘들지 않습니다. 오히려 매일 아침이 기다려집니다. 이 기대감이야말로 제가 강사로서 살아가는 큰 원동력입니다.

첫 번째 기회

저에게 온 첫 번째 큰 기회 중 하나는 종이책 『잘 쓰겠습니다』를 출판하게 된 일이었습니다. 보통 작가 지망생들이 출판사에 투고할 때 평균 100군데에서 150군데에 원고를 보낸다고 합니다. 그만큼 경쟁이 치열하고, 기회를 얻기가 쉽지 않다는 것이죠. 그러나 저는 다행히도 20군데 만에 출판사를 뚫을 수 있었습니다. 굉장히 운이 좋았던 케이스였습니다.

처음 원고를 보낼 때는 저 역시 불안하고 걱정이 많았습니다. 수많은 작가 지망생들이 경쟁하는 가운데, 내 글이 선택될 확률이 얼마나 될까 하는 생각이 머릿속을 떠나지 않았습니다. 그래서 처음 출판사로부터 긍정적인 답변을 받았을 때의 기쁨은 이루 말할 수 없었습니다.

나중에 편집자님께 왜 제 글을 선택해주셨는지 물어본 적이 있습니다. 그분께서는 제 인스타그램을 보고 강사로서 열심히 활동하는 모습을 보고 '이런 사람의 책을 내주면 홍보를 참 잘하겠다.'라는 생각이 들었다고 합니다. 저는 인스타그램에 올리는 글과 사진들이 출판에 영향을 미칠 줄은 꿈에도 몰랐습니다.

제가 강사로서 활동하고 있었기 때문에, 제 글이 더 쉽게 주목을 받을 수 있었던 것입니다. 만약 제가 보통의 작가였다면, 다른 많은 작가 지망생처럼 100군데 이상 투고했을지도 모릅니다. 그러나 작가이자 강사로서 활동하고 있었기에 제 글은 더 빨리, 더 쉽게 기회를 잡을 수 있었던 것입니다.

이 경험을 통해 단순히 글을 잘 쓰는 것만으로는 부족하다는 것을 느꼈습니다. 자신을 어떻게 보여주고, 어떻게 홍보하는지도 매우 중요하다는 것을 깨달았습니다. SNS를 통해 꾸준히 제 모습을 보여주고, 강사로서의 열정과 노력을 알리는 것이 결국 출판의 기회를 만들어준 것입니다.

작가로서의 길은 쉽지 않지만, 때로는 예상치 못한 곳에서 기회가 찾아오기도 합니다. 그 기회를 잡기 위해서는 끊임없는 노력과 준비가 필요합니다. 그리고 그 기회가 찾아왔을 때, 그것을 놓치지 않기 위해 최선을 다해야 합니다. 저에게 찾아온 첫 번째 큰 기회는 그렇게 제게 많은 것을 가르쳐주었고, 앞으로도 제가 글을 쓰고 강사로 활동하는 데 큰 원동력이 될 것입니다.

두 번째 기회

두 번째 기회는 웹소설 연재의 기회가 들어온 것인데요. 놀랍게도 무려 두 곳의 회사에서 연재 제안을 받았습니다. 제가 웹소설 강사로도 활동을 하고 있기 때문에 이런 제안을 주신 것 같았습니다. 이 소식을 듣고 나니 참 감회가 새로웠습니다. 왜냐하면, 제 학생들은 제게 웹소설을 배우면서도 완성한 글이 어디에 연재될 수 있을지조차 불확실한 상황에서 고군분투하고 있기 때문입니다.

학생들이 작품을 완성하고도 연재할 곳을 찾지 못해 방황하는 모습을 보면서, 작가로서의 길이 얼마나 험난한지 다시 한번 느끼게 됩니다. 저 역시 작가 지망생 시절엔 글을 써도 어디에 연재할 기회를 얻는 것이 쉽지 않았습니다. 수많은 출판사와 공모전에 원고를 보내고, 수없이 거절당하며 좌절했던 기억이 생생합니다.

그러나 강사가 된 후, 작가로서의 기회가 더 쉽게 다가오는 것을 느끼게 되었습니다. 제 경력과 경험이 인정을 받으면서, 이런 기회들이 자연스럽게 찾아오게 된 것 같습니다. 강사로서의 활동이 작가로서의 커리어에도 긍정적인 영향을 미쳤다는 사실에 감사함을 느낍니다.

그렇다고 해서 이 기회를 쉽게 얻었다고 생각하지는 않습니다. 지난 수년간의 노력과 끊임없는 글쓰기 연습, 학생들과의 소통을 통해 쌓아온 경험들이 있었기 때문에 가능한 일이었습니다. 그리고 이런 경험을 통해 얻은 통찰력과 지식이 제가 더욱 좋은 작품을 쓸 수 있게 도와주었고, 결국 기회를 만들어준 것입니다.

작가로서의 길은 여전히 험난하고 도전적이지만, 계속해서 좋은 기회들이 기다리고 있기 때문에 그 길을 계속 걸어갈 수 있는 힘이 생깁니다. 그리고 그 길을 함께 걸어가는 학생들과의 소중한 인연이 저에게 큰 힘이 됩니다.

세 번째 기회

세 번째는 강연의 기회인데요. 책을 출판한 경험 덕에 강연 요청이 더 많이 들어왔습니다. 강연자로 활동하시는 분들의 공통점 중 하나가 자신의 저서를 갖고 있다는 것인데요. 그들은 자신의 책을 가지고 있기 때문에 더 많은 곳에서 강연할 수 있는 기회를 갖게 됩니다. 책 출판은 제 강연에 대한 신뢰도를 높여주는 요인이기도 합니다. 출판된 책은 제가 특정 주제나 분야에 대해 전문성을 갖고 있다는 것을 보여주기 때문이지요.

사실 저는 책 내는 것에 회의적인 사람이었어요. 책을 내도 벌 수 있는 돈은 적고 가난이 계속될 것 같았기 때문이지요. 책을 내는 것은 시간과 노력이 많이 소모되는 일인데 그에 비해 벌 수 있는 돈은 별로 많지 않을 것이라고 생각했습니다.

하지만 저의 생각은 점차 변하게 되었습니다. 책을 내는 것이라는 결정은 단순히 돈을 벌기 위한 것이 아니었습니다. 이를 통해 이어지는 다양한 부가적인 기회들을 염두에 두었습니다. 특히, 책을 출간한 후에는 강연을 할 수 있는 기회가 더 많아진다는 사실을 알게 되었습니다. 결국 책을 내기로 결심한 이유는 강연의 기회를 더 많이 얻고 싶어서였습니다.

그래서 책을 내는 것은 주로 작가로서의 명성을 쌓거나 자신의 이야기를 전파하고자 하는 목적으로 이뤄지곤 합니다. 이를 통해 강연 요청, 미디어 인터뷰 등 다양한 기회를 얻을 수 있습니다. 여러분도 자신의 이야기를 통해 더 많은 사람들과 소통하고, 그 과정에서 새로운 기회를 창출해나가길 바랍니다.

오늘 함께한 여러분의 꿈도 제가 응원하겠습니다. 그 꿈을 이루는 과정이 가끔은 낯설고 험난한 길일지라도, 자신의 목소리를 따라가고 열정을 잃지 않는다면 어떤 어려움도 이겨낼 수 있습니다. 작은 꽃 한 송이, 또는 길에서 만난 소중한 인연이 언제나 큰 영감이 될 수 있음을 기억하세요. 오늘 이 자리를 통해 함께한 여러분 모두에게 행운이 깃들기를 기원합니다. 감사합니다.

많은 사람이 가지 않는 오솔길을 따라,

작가가 되었다.

어느 날 글이 내게로 왔다.
그것은 뜻밖의 선물 같았다.

고등학교 2학년, 글쓰기의 첫 발걸음을 내딛다.
첫 작품을 쓰던 그때의 감정을
잊지 못한다.

소설가이지만
프로 등산러입니다

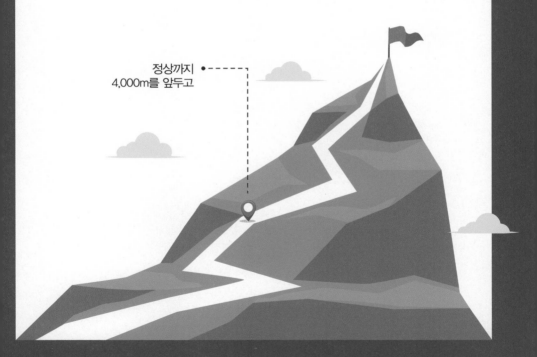

정상까지
4,000m를 앞두고

소설가라는 이상하고도 멋진 직업

〈소설가라는 이상하고도 멋진 직업〉이라는 제목으로 강연을 시작하도록 하겠습니다. 네, 강연 제목처럼 소설가는 참 이상하고도 멋진 직업입니다. 왜 이런 표현을 붙였는지 지금부터 알아가도록 하겠습니다.

우선 소설가라면 작품도 있고 작가 나름대로의 작품 세계도 있겠죠. 소설가가 왜 이상하냐면 돈도 못 벌고 친구도 없어서 그렇습니다. 그런데 또 멋지기도 합니다. 여행을 다니면서 글을 쓸 수도 있고 이렇게 여러분들 앞에서 강연도 할 수 있으니 말이죠. 소설가는 작가이기도 하고 강연을 하는 강사이기도 하지만 글을 안 쓸 때는 백수나 다름이 없습니다.

저는 소설가입니다. 소설로 데뷔를 했으니까요. 단편소설 『레귤러 가족』으로 26살이라는 애매한 나이에 데뷔했고요. 저는 몽상하는 걸 좋아합니다. 신기하게도 제가 했던 몽상들이 거의 다 이루어졌어요.

제가 글을 쓰는 이유는 명확하진 않지만 아마도 삶에 열정이 많아서라고 생각합니다. 글을 쓰시는 모든 분들은 다 자기가 왜 글을 쓰는지 모릅니다. 그 이유가 사람마다 다 다른데 다 맞기 때문에 계속 왜 쓰는지 자신에게 물어가며 그저 쓸 뿐이죠.

여러분 소설가의 가는 집 가(家) 자를 씁니다. 한마디로 소설가는 집을 잘 지어야 한다는 뜻이죠. 소설가의 작품을 유심히 보면 작가마다 다 어느 정도 일정하고도 비슷한 틀을 유지한 채 다른 작품을 계속 발표합니다. 자신만의 집을 지은 거죠.

제 작품 세계만 엿봐도 제가 발표한 작품들에서 공통점을 발견할 수 있는데요. 어떤 동료가 제 작품들을 보더니 4차원 느낌이 나는 제목들이래요.

우선 『레귤러 가족』부터 이야기해드릴게요. 『레귤러 가족』의 줄거리는 이렇습니다. 준수라는 애가 나오는데 심부름센터에서 아르바이트를 하게 됩니다. 그런데 우연히 자기 아버지에게 의뢰 전화를 받습니다. 아버지의 의뢰 내용은 자기 아내, 즉 준수의 엄마에게 남자가 있는 거 같으니 뒤를 밟아달라는 거였습니다. 그래서 준수는 우선 자신의 목소리를 위장하고 아버지의 의뢰에 응합니다. 그리고 일주일 동안 엄마의 뒤를 밟게 되죠. 그런데 엄마에게 남자가 있었던 게 아니고 아버지가 찾아달라고 했던 사람은 아버지 자신이었던 거죠. 아버지가 정년퇴직을 하고 집에서 위치가 작아져서 의처증이 있었던 거예요. 그렇게 반전의 반전으로 비극적이게 끝이 납니다.

제목이 『레귤러 가족』이잖아요. 레귤러는 보통이라는 뜻인데 그런데 내용이 보통이 아니죠. 그래서 제목은 역설입니다.

『레귤러 가족』은 제가 21살에 '나는 성인, 어른이다.'라는 비장한 마음 품고 완성시킨 글입니다. 『레귤러 가족』은 제 데뷔작입니다.

작가가 등단을 하는 방법으로는 신춘문예가 있고 계간지로 하는 방법이 있습니다. 작가들은 모든 공모전에 투고하는데, 신춘문예일 줄 계간지일 줄 어디서 등단하게 될 줄 모릅니다. 자신의 글과 맞는 곳에서 하게 되어 있습니다. 저는 인문학 잡지를 통해서 데뷔를 하게 되었습니다.

저도 제가 인문학 잡지로 하게 될 줄 꿈에도 몰랐습니다. 평소 인문학의 고전이라고 불리는 『타인의 고통』이라는 작품을 쓴 수전 손택이라는 작가의 책을 많이 읽었어요. 당시 제가 도서관을 다녔는데 도서관 앞에 인문학이라는 플래카드가 걸려 있는 걸 지나가다가 보기도 했는데 '왜 내가 인문학 좋아하는 걸 다른 사람이 모르지? 알아주면 좋겠다.' 하는 엉뚱한 생각을 했습니다.

『레귤러 가족』은 정말 인문학스런 글입니다. 정상 가족 이데올로기에 대해 썼습니다. 저는 항상 저희 집이 이상하다고 생각했어요. 그런데 다른 친구의 이야기를 들어보니 우리 집이 제일 정상 같았습니다. 그래서 '정상적인 가족이란 과연 있을까?' 하는 생각이 들었습니다.

레귤러라는 게 상대적이지 않습니까? 도미노나 피자헛에 가서 '레귤러 사이즈 피자주세요.' 하면 다 다릅니다. 레귤러라는 단어는 보통이란 뜻입니다. 레귤러라는 제목은 카페에서 레귤러 사이즈의 커피를 시켜먹다가 영감이 왔습니다.

제목 그대로 『레귤러 가족』은 가족 서사입니다. 습작 시절 때 처음 완성시킨 글이 『가족사진』이라는 제목의 가정 서사였습니다. 아빠가 성전환 수술을 하는 내용이었습니다.

성인이 되어서 처음 글 쓸 때 내가 왜 습작 시절에 가정 서사를 썼을까 생각해보았습니다. 저는 습작 시절이 고등학생이어서 아직 학생이라 학생다운 글이 가정 서사라고 생각했고 연애 서사를 쓰기엔 어린 것 같고 연애 서사가 성인 어른 글이라고 생각했던 것 같아요. 학생 땐 연애 서사를 잘 못 쓸 것 같았고, 그간 내가 느낀 걸 토대로 쓰는 게 쉬울 거 같아서 가정 서사를 쓴 것 같아요. 그런데 커서는 반대로 연애 서사 쓰면 성인 소설인가 하는 생각을 했습니다. 아니었습니다. 가족 서사가 성인 어른 글이라고 생각해서 쓴 거였습니다.

그래서 성인이 돼서 처음 습작한 글이 또 가정 서사입니다. 습작 시절 때 가정 서사 그만 쓰고 싶다고 생각해서 가정 서사를 마무리 짓고, 졸업하고 싶어서 첫 작품 제목이 『레귤러 가족』입니다. 가족 서사는 섬세하고, 다정다감하고 끝이 없습니다.

직업이 심부름꾼이어서 그런지 쓰는 내내 제 자체가 몰입돼서 흥미로웠고 스릴 넘쳤습니다. 확실히 쓰면서 제가 재밌어야 읽는 사람이 재밌어합니다.

물론 내용이 허구가 많습니다. 쓰는 내내 슬프기도 했습니다. 주인공에게 다 내가 투영되어 있습니다. 전체적인 글 분위기는 따스한 감성이 스며있습니다.

다음으로 『작가의 말』이라는 단편 이야기를 해보죠. 제목 어디서 많이 들어봤죠? 책 맨 뒤를 보면 작가의 말이 있죠. 그 틈새를 제가 단편소설로 채운 겁니다.

흔히 작가는 작품으로 말하지 말할 필요 없다고 하잖아요. 그 정도는 독자도 다 안단 말이죠. 작가는 말하는 거 아니라는 틀 깨보고 싶었어요. 그런 작품이 가장 할 말이 많아요. 저는 말을 많이 하려고 해요. 그래서 하고 싶은 말을 다 하도록 하겠습니다.

『작가의 말』의 줄거리는 이렇습니다. 주인공 준영이 파우스트라는 출판사에 들어갑니다. 좋아했던 베스트셀러 작가인 공희숙이 알고 보니 대필 작가였단 사실을 알게 됩니다. 미리 뽑아둔 대필이 그만두어서 자신이 맡게 됩니다. 공희숙은 출판사 사장에게 영혼을 팔아버리면서 젊음을 얻게 됩니다. 준영은 돈에 유혹당합니다. 준영이 연재소설을 쓰게 되는데 하필이면 『즐거운 나의 집』이라는 자전소설입니다. 그래서 결국 소설 속에 나오는 전남편이 찾아와 대필 작가라는 사실이 들통나게 됩니다. 공희숙은

죄책감에 자살하고 파우스트 출판사는 문을 닫게 됩니다.

재밌는 부분은 공희숙이라는 주인공 이름인데요. 우리나라 3대 여류 작가인 공지영, 은희경, 신경숙의 한 글자를 따와서 지은 이름입니다. 공희숙이어서 풍자 느낌이 납니다.

소설 속에서 공희숙은 기독교인데 속도위반을 합니다. 작가라면 틀을 한번 깨보려 하는 사람이지 않습니까? 그래서 그런 부분이 쓰면서도 재미있었던 것 같습니다.

여러분 고전 『파우스트』 아시죠? 저는 『작가의 말』을 쓰려고 『파우스트』를 여러 출판사별로 다 완독했습니다. 고전 문장을 신식 문장으로 바꾸는 게 어려웠습니다. 『레귤러 가족』은 『가족사진』이라는 습작품을 토대로 나온 작품이라면 『작가의 말』은 한번도 써본 적 없는 습작이 없는 처음 쓰는 작품이었습니다. 그래서 초고를 계속 쓰고 엎고 계속 엎었습니다.

이 작품을 얼마나 힘들게 썼는지 아직도 기억이 생생해요. 처음 써봐서 중도 포기하지 말자고 생각하고 계속 믿으면서 썼어요. 초고를 20장 혹은 더 넘게 썼다가 지웠을 겁니다. 신식 문장 바꾸는 게 어려워서요. 걱정과 달리 빨리 완성했습니다. 평균 단편은 6개월 걸린다고 했는데 5개월 만에 썼습니다. 상 받는 작품의 특징입니다. 빨리 쓰인 거라는 점.

작가의 말을 쓰면서 저는 앞으로 더 작가로만 살고 싶다는 느낌을 받았습니다. 이 글을 쓰면서 언제든 독자가 떠날 수 있음을 생각하게 됐습니다. 작품마다 독자가 떠납니다. 그래서 파우스트처럼 지고지순하게 순간을 즐겨야 합니다.

저는 이 글을 쓸 때 아버지를 떠올리며 써서 시간이 단축됐습니다. 빨리 글을 써서 효도를 해야겠다는 생각뿐이었습니다. 기도도 열심히 했습니다. 이 글을 쓸 때 아버지를 위한 글이 되길 바라는 몽상을 했습니다.

사실 탈고 후 바로 잊기도 했지만 동시에 상을 탈 줄 알았습니다. 진짜 확신했습니다. 그래서 웃기지만 당선 소감을 미리 써뒀습니다. 겸손이 없는 게 아니라 저는 글을 스스로 판단할 수 있는 능력이 있어서 자체 편집장 모드가 있어요. 탈 거 같으면 탑니다.

단편소설집을 내려면 7개의 단편소설이 모여야 하는데『작가의 말』은 7번째 작품이 될 것 같아요. 마지막으로. 왜냐하면『작가의 말』이라는 부분이 맨 뒤에 있어서 구성상 그게 어울릴 거라고 생각했어요. 그런데 7번째에 싣는다고 해서 작가의 말을 7번째로 쓰진 않았어요. 3번째로 썼는데, 작가들 사이에서 이야기하는 말로 느낌이 센 소재가 있다면 빨리 써야 그 다음에 더 큰 소재가 온다고 해서 빨리 썼어요. 센 소재가 있다면 그걸 먼저 써야 된다고 하더라고요. 그래야 더 센 게 나옵니다.

중간중간 고뇌의 흔적이 보입니다. 동시에 술술 써지기도 했습니다. 얼마나 술술 써졌냐면 여러분들은 아직 술을 마시지 않지만 어른이 되면 일이 잘 풀리거나 좋을 때 술을 많이 마시는데, 이 작품을 쓸 때 매일매일 잘 풀리는 느낌이 들어서 일주일에 맥주를 6병 마셨습니다. 그래서 매주 일요일마다 병을 팔러 마트에 갔습니다.

저는 아직 겪어보지 않았지만 겪고 싶은 일을 예지, 영감, 상상력이라고 하거든요. 그런 예지, 영감, 상상력을 글을 쓸 때 많이 쓰는 거 같아요. 주인공이 소설을 연재하는 장면이 나오거든요. 아직 연재소설을 해보지 않아서 쓰면서 되게 재밌었어요. 집에 서재도 없고요. 그래서 서재가 나와요.

초고를 23살에 썼어요. 2013년입니다. 굳이 안 고쳤습니다. 배짱이랄까요. 쓸 때 편집장이라는 캐릭터가 나왔어요. 이 글 쓸 때 편집자에 관한 책을 되게 많이 읽었어요. 자료 조사 많이 했고 계속 끊임 읽었어요. 그게 다 나왔어요.

제 일상이 나왔는데 음식 안 한다거나 작업실 없이 카페에서 쓴다거나 이 부분 재미가 없어서 이런 일기 같은 면이 나올까 했는데 나오더라고요. 작업실이 없다는 말은 꼭 하고 싶었어요. 사실 저는 글 쓸 때 떠돌면서 쓰는 스타일입니다.

저는 작가란 작품 하나를 쓸 때마다 하고 싶은 말 하나가 생기는 거라고 생각합니다. 한 번 말하고 한 번씩 제 영혼이 나뉘는 느낌이 들어요. 다 다른 작품을 썼는데 다 제가 쓴 거잖아요. 그런 의미가 담긴 한 구절을 『작가의 말』에서 낭독하고 싶어요.

"파도 파도 끝없다. 말한다. 죽는다. 나뉜다. 분절이다."

썼던 과정에 대해서도 말씀드리고 싶어요. 창작 일기라고 할까요.

초고를 11일 만에 썼어요. 초고는 진짜 막 썼어요. 여자가 너무 털털한 거 아니야? 할 정도로. '어차피 습작품인데 뭐.' 그런 생각이었어요. 떠오르는 문장 두서없이 막 써서 뒤에 있는 문장 앞으로 옮기고 하는 게 정말 힘들 정도로 막 썼어요. 157번을 고쳤는데 5개월밖에 안 걸렸어요.

하루키가 글을 쓸 때 도중에 '나는 죽고 싶지 않다. 죽고 싶지 않다. 죽고 싶지 않다.'고 생각한댔는데 저도 과정 속 존버였어요. '존나게 버텨라. 나는 아직 내가 쓰고 싶은 역사소설도 안 썼는데 고작 이런 글 쓰는데 못 버티면 아버지 뵐 면목이 없다. 아버지께 효도 못 한다.' 그런 생각으로 했어요. 결국 완성시켰지만 과정 속 몇 번이고 포기하고 스스로 믿고 그랬어요. 저는 완성 안 될 거라고 생각했어요. 고전 문장을 신식으로 바꾸는 게 어려워서요.

이 글을 쓸 때 나이에 안 맞게 갑자기 사랑니가 아파서 4일 동안 밥을 안 먹었고요. 엄마가 볼거리하냐고 했어요. 계속 기도하면서 썼어요. 기도발이 먹혔네요. 또 글을 잘 쓰기 위한 노력으로 특이하게 밥을 맛있는 거만 먹었단 말이에요. 계속 스파게티만 먹었어요.

제가 미식가인데 또 동시에 다이어트를 해야 해서 1일 1식을 했는데 맛

있는 거만 한 끼 먹자였어요. 그리고 작업실이 없어서 카페와 도서관을 왔다 갔다 하면서 썼어요. 카페가 익숙해지면 낯선 도서관으로 가고요.

다음으로 『고비』에 대해서 이야기해드릴게요. 제목은 죽을 고비를 느꼈다의 그 고비 맞습니다. 저는 인생은 산을 오르는 것과 같다는 생각을 줄곧 했습니다. 그래서 산악 문학을 쓰게 된 거죠. 글쓰기라는 산을 오를 때도 그만두고 싶은 고비를 자주 맞이하게 됩니다.

『고비』의 줄거리는 이렇습니다. 백두산이라는 이름을 가진 주인공 산악인이 나옵니다. 백두산은 한때 어느 정도 높은 곳까지 오른 기록을 세운 산악인이지만 폐결핵을 앓고 있어서 더 이상 산악인으로 높이 오르는 걸 그만두려합니다. 그런 찰나에 산악투어라는 스폰서이자 여행사 사장이 백두산에게 다시 한번 올라보는 게 어떠냐고 제안합니다. 새로운 기록도 세우고 우리 회사 홍보도 될 것이라고 꼬드깁니다. 그래서 다시 한번 도전해 보게 되는데 폐결핵을 앓고 있기도 하고 고산병까지 만나 결국 백두산은 죽고 맙니다. 그리고 산악투어 사장은 여행사를 돌려막기식으로 운영하고 있던 터라 경찰을 피해 도망쳤다가 결국 붙잡히면서 소설은 비극적으로 끝이 납니다.

주인공이 폐결핵을 앓고 있는 부분은 아버지에게서 영감을 얻었어요. 아버지가 서울대에 가려고 공부하시다가 폐결핵을 앓으셨거든요.

실제 초고 쓸 때 힘들었는데 장소가 피시방이어서 정말 희박한 공기 속에서 썼습니다. 히말라야에 가면 공기가 희박해요. 그런데 피시방도 공기가 참 안 좋습니다. 고치는 작업도 다 피시방에서 했어요. 그래서 피시방이라는 장소가 제게 히말라야예요. 잠을 쫓기 위해 모니터 앞에 앉아 있는 거죠. 이 글은 20대 때 체력 좋을 때 밤을 새면서 썼거든요. 희박한 공기 속에 있는 나의 상태가 작품 속에 드러난 것 같아요.

저는 이 작품이 모든 소설가를 보편화시키는 작품이라고 생각해요. 소설가라면 다 자기가 읽는, 자기만의 산악 문학 서적이 있어요. 처음 제가 갑자기 등산 서적 읽을 때 나는 소설가인데 왜 이런 책을 읽지 했어요. 근데 나중에 보니까 소설가여서 이 책을 읽는 거예요. 실제로 산악 문학을 쓴 작가들이 꽤 있어요. 박범신의 『촐라체』, 정유정의 『히말라야 환상방황』이 있습니다.

근데 단편소설로 써보면 재밌겠다고 생각했어요. 장편은 봤지만 단편은 잘 못 봤고, 다른 소설가도 다 자기만의 히말라야 서적이 있기 때문에 다 한 번씩 생각해볼 수 있는 기회가 되지 않을까 해요.

히말라야에 가면 그 앞에서 밀크티를 많이 팔거든요? 그런데 막상 쓸 땐 밀크티를 한잔도 안 마셨어요. 그 전에 초고 쓸 당시 많이 마셨기 때문에 더 이상 밀크티가 제겐 히말라야 음료가 아니었어요. 저에게는 히말라야 음료가 맥주예요. 살을 빼야 마실 수 있고 글을 다 써야 마실 수 있기 때문에.

그럼 작품 세계에 대한 이야기는 이 정도까지만 하겠습니다. 어때요? 제 작품들도 어느 정도 공통점이 있는 것 같지 않나요?

작가와의 만남

여러분 작가를 실제로 본 적이 있나요? 혹시 어떤 작가 보셨나요? 여러분은 지금 저라는 작가도 실제로 보고 있죠. 어때요? 별거 없죠? 작가를 실제로 보는 게 생각보다 쉬워요. 이메일 주소 알면 한 번 보내보세요. 답장도 잘해줍니다. 작가와 작품은 같을까요? 다를까요? 글은 참 좋은데 작가의 인성은 훌륭하지 않은 경우도 참 많습니다. 아마도 글을 쓰는 작업 자체가 굉장히 힘들기 때문에 성격이 좋은 분이 별로 없는 거 같아요. 또 우리 예술가들은 일탈을 해야 글이 나오는지 일탈 행위를 하는 작가들이 많습니다. 저도 어릴 땐 좋아하는 작가들의 팬 사인회에 간다든지 그렇게 많이 따라다녔는데 이제는 그냥 멀리서 응원할 뿐입니다. 여러분들도 만약 어떤 작가를 좋아한다면 그냥 멀리서 응원하는 걸 추천드립니다. 실제로 보면 실망하실지도 몰라요.

우연히 독자를 만난 적이 있어요. 기억에 남는 독자가 있는데요. 제가 롯데리아에서 밤새 글을 쓰고 있었어요. 그때 제가 남에게 말하듯 쓰고 싶어서 진짜 앞에 누가 앉아 있는 것처럼 혼자 떠들고 있었어요. 그때 저를 보고 작가 같다면서 혹시 작가님이시냐고 말을 걸었던 분이 있었어요. 자기도 한때 꿈이 작가였다면서. 그러면서 제가 쓴 작품을 볼 수 있냐요. 그래서 『레귤러 가족』을 보여줬죠. 그러더니 술을 사주는 거예요. 그때 저는 작가는 됐지만 취직은 안 한 상태여서 돈이 없었어요. 회사원인 그분이 월급을 털어서 술을 사주셨는데. 그분 친구도 있었어서 3명이서 술을 먹었는데 저한테 다른 작가들은 뚱뚱하다면서 저는 그렇지 않아서 믿음이 간다고 했던 말이 기억이 나요. 맞아요. 저는 작가 생활을 할 때 극단적이게 다이어트를 했어요. 제 생활 패턴을 보면 살이 찌면 제가 게으르게 살았던 게 맞긴 하더라고요. 그래서 독자에게 성실한 작가로 신뢰를 주고자 살을 뺐습니다.

소설가의 에세이

소설가들은 소설만 쓰는 게 아니라 종종 에세이도 냅니다. 저는 원래 첫 책으로 당연히 소설책을 내려고 했어요. 왜냐면 소설로 데뷔했으니까요. 그런데 그때 책 내기가 무산되었어요. 단편소설 책을 내려면 단편소설 7개가 모아져야 하는데 7개 모두가 제 마음에 들진 않는 거예요. 저는 평소에 완벽주의 성격은 아니거든요. 되게 허술해요. 그렇지만 글에서만큼은 완벽하고 싶었나 봐요. '내 마음에도 안 드는데 독자 마음에는 들까.' 하는 생각이 들었어요. 그리고 책을 내는 과정이 행복하지 않았어요. 책을 팔아도 돈을 얼마 못 벌어요. 그래서 이 책을 팔아도 여전히 가난할 테고 그래서 책을 내는 게 남이 봤을 때는 멋있어 보이지만 돈을 못 버니까 제가 봤을 땐 멋있지 않았어요. 저는 남에게 보여지는 삶을 살고 싶지 않았거든요. 그래서 소설책 내기는 무산되었습니다.

그러다 강사 생활을 하면서 다시 글을 쓰게 되었는데 이상하게 소설이 안 나오고 에세이가 나오는 거예요. 그래서 에세이를 썼죠. 저도 제가 에세이를 쓰게 될 줄 몰랐고 첫 책이 에세이가 될 줄 몰랐어요. 그런데 곰곰이 생각해보니 제가 스무 살 때 인상 깊게 읽었던 책은 소설책이 아닌 에세이였던 거예요. 이석원 작가의 『보통의 존재』를 정말 좋아했어요.

'어쩌면 처음부터 에세이로 책을 냈다면 작가가 더 빨리 됐을지도 몰랐겠다.'라는 생각을 했어요. 소설은 공모전을 통과해야 해서 어려운데 에세이는 공모전이 없고 출판사에 투고하면 에세이 작가가 될 수 있거든요.

취직이냐 등단이냐

저는 26살에 등단을 했습니다. 보통 이 나이에 취직을 하죠. 그런데 저는 작가가 꿈이었으니까 그 꿈을 이루기 위해 다른 사람들은 회사에 이력서를 낼 때 공모전에 글을 투고했죠. 그때 저는 바보같이 취직을 한 줄 알았어요. 그런데 소설가는 무슨 회사도 없고 월급도 없어요. 어디 소속된 게 아닙니다. 그런데 사실 저는 이런 어디에도 소속되지 않은 상태가 별로 불안하지 않고 좋아요. 태생이 자유 영혼인지라. 저는 스무 살 때부터 어디에도 소속되고 싶지 않았어요. 보통 이러면 소속감이 없어서 불안하기 마련인데 저는 별로 불안한 마음이 없어요. 그래서 소설가라는 직업이 잘 맞나 봐요.

저는 등단 전후로 나누어서 말씀드리고 싶은데, 바뀐 게 하나도 없었습니다. 작가 지망생 시절에도 20대여서 가난했고 등단 후에도 월급이 나오는 게 아니니까 똑같이 가난했습니다. 그래서 작가가 된 후에도 여전히 가난했어요. 그때 제 친구들을 보니까 다 회사에 취직했더라고요. 그래서 안정적이게 사는 모습들이 눈에 보였어요. 2년 정도 작가 생활을 했는데 그때 계속 돈을 못 벌고 가난하니까 든 생각이, '아 회사원이 된 친구들에 비해 나는 시작점부터 달랐구나. 나 실패했네. 망했네.'였어요. 저는 등단한 게 취직한 줄 알았으니까요. 그런데 길고 짧은 건 대봐야 안다는 말처럼 지금은 강사로 잘 풀려서 회사원보다 많이 법니다. 결국엔 잘 풀리게 된 거죠.

여러분. 책 한 권 팔면 얼마 버는지 아세요? 1만 원짜리 책 팔면 1,000원 들어와요. 모르셨죠? 그럼 이 돈 가지고는 절대 먹고살 수가 없어요. 월급이 꼬박꼬박 나오는 회사원이 훨씬 안정적이죠. 그래서 저도 한때 글쓰기를 그만두고 회사원을 하려고 했답니다. 그러다가 엉뚱하게 강사로 잘 풀린 케이스죠.

예전에 어떤 학생이 자기 잘나가는 회사원이라면서 저는 연봉이 어느 정도 되냐고 물어본 적이 있어요. 저는 프리랜서다 보니까 달마다 조금씩 차이가 있지만 제일 많이 벌었던 때는 대기업 부장님이랑 월급이 똑같았어요. 제 학생 중에 대기업 부장님이 계시거든요. 그분처럼 되는 게 꿈이었는데 이룬 거죠. 물론 소설가로서 글을 써서 번 건 아니고 강사로 번 거죠. 뭐 강사도 우선 소설가가 돼야 할 수 있는 거니까 소설가로서 번 거라고 할 수도 있지만요. 예전에는 글을 쓰면 밥을 굶는 직업이라고 생각했어요. 돈을 못 번다는 건 옛말이고 저처럼 강사로 풀려서 글도 쓰고 강의도 하면서 잘 벌 수도 있으니 여러분들도 정말 글 쓰는 걸 좋아하신다면 한 번 도전해보시라고 말씀드려보고 싶어요. 저처럼 잘 버는 사람도 있으니 한 번 해보시라고 응원해드리고 싶어요.

친구가 없어요

저는 원래 친구가 진짜 없거든요? 그래서 농담 삼아 나 결혼할 때 하객 알바 불러야 한다고 그런 말을 했어요. 그런데 작가 생활을 하면서 친구가 더 없어졌어요. 책 읽고 글만 쓰다 보니 사람을 만날 수가 없어요. 책 읽고 글 쓰는 일은 둘 다 혼자서 하는 고독한 일이잖아요. 그나마 강사 생활을 하면서 사람을 많이 만나게 되었어요. 끊임없이 새로운 학생이 들어오니까요. 원체 친구가 없다 보니까 학생들이 제 친구가 된 거예요. 저는 지금도 친구랑 술 안 먹고 학생들이랑 술 먹어요. 어떤 학생이 저 보고 친구가 없는 성향 때문에 지금 많은 학생을 만나게 된 것 같다고 했는데, 그 말의 뜻을 잘 이해 못 했는데 저는 이렇게 해석했어요. 친구를 만날 시간에 책 읽고 글 써서 이 분야의 전문가가 돼서 많은 학생들을 만나게 된 거라고.

이런 이상한 소설가가 가끔은 멋있기도 합니다. 바로 강연을 할 때입니다. 강연은 자신의 생각을 이야기하는 겁니다. 누군가가 내 생각을 들어주는 건 감사한 일입니다. 저는 작가가 되었을 때부터 강연을 하고 싶어 했어요. 그런데 이제 막 작가가 된 사람에게 강연의 기회가 올 리 없죠. 그런데 저는 바보같이 강연 대본을 쓰고 기다렸어요. 다른 작가님들의 행보를 보니까 다 책을 내시면 강연을 하시더라고요. 그래서 작가가 강연을 하는 행보는 어찌 보면 당연한 길이더라고요. 그래서 제가 강연을 하고 싶어 했던 것도 다 작가라는 직업에서 파생된 당연한 일인 것 같아요. 이석원 작가님이 최근에 『나를 위한 노래』라는 책을 내셨는데 강연하셨던 내용을 책으로 묶으신 거예요. 삶의 의욕이 없었는데 강연을 통해 삶의 의욕을 찾으셨다고 했는데, 저도 그래요. 강연 생각만 하면 심장이 뛰고, 열정이 솟습니다. 심지어 꿈에서도 강연 생각을 합니다. 어떤 학생이 제게 제가 하는 일이 부럽다고 했어요. 매번 다른 자신만의 콘텐츠로 강연을 한다고. 진짜 그런 것 같아요. 저도 했던 내용으로 강연하는 걸 싫어해요. 실제 계속 다른 내용으로 강연을 하고 있고요.

앞서, 제가 작가 생활을 했을 때나 지망생이었을 때나 똑같이 가난했다고 했잖아요? 그래서 저는 제 20대가 실패한 삶이라고 생각했어요. 그런데 예전에 제가 20대들을 대상으로 강연을 했던 적이 있어요. 그때 내용이 독서와 글쓰기를 통해 나를 알아가는 내용이었는데 책만 읽고 글만 써서 돈도 못 벌고 인생을 실패했다고 생각했는데 그랬던 내 삶이 자양분이 돼서 그런 강연을 할 수 있게 된 거죠. 그래서 쓸모없는 삶은 없다는 생각을 하게 되었어요. 글을 쓴다는 건, 작가로 산다는 건 어쩌면 실패했다고 생각한 내 삶마저 긍정으로 끌어안을 수 있는 삶의 옹호자가 되는 길인 것 같다는 생각이 들었어요. 예를 들어, 제 학생 중에서도 파혼의 경험이 있는 학생이 있어요. 자기는 그땐 실패한 삶이라고 생각했는데 파혼한 경험으로 『버진로드』라는 제목의 멋진 희곡을 한 편 완성했어요. 희곡의 내용은, 파혼한 커플이 결혼식 예약금을 받으러 다시 만나면서 이야기가 시작되는데요. 여자로서의 사랑과 일에 대해서 생각해볼 수 있는 주옥같은 대사들이 많이 나옵니다. 만약 파혼의 경험이 없었다면, 또 결혼에 성공했다면 그런 멋진 작품이 나오지 않았을 거라고 생각합니다.

소설가의 운동

글 쓰는 사람에게는 체력이 많이 중요합니다. 하루키는 수영을 매일하고 달리기를 하는 작가로 유명하죠. 저도 체력을 기르려고 스물한 살 때부터 코로나가 터지기 전까지 7년 동안 수영을 했어요. 심지어 매일반이었어요. 글을 쓰는 일은 뇌를 쓰는 거 같지만 실은 몸으로 쓴다는 사실을 많은 작가들이 나중에 가서야 깨닫더라고요. 몸을 움직여야 머리 회전이 잘돼서 글도 잘 써집니다.

저는 글을 더 빨리 쓰기 위해 작가 생활을 할 때 다이어트를 정말 열심히 했는데요. 그때 다이어트하듯 글쓰기를 하고 싶다고 말한 적이 있어요. 다이어트를 하면 매일 체중계 앞에 서고 거울 앞에 서서 내 몸을 보게 됩니다. 허벅지 두께는 어느 정도 얇아졌나 보고, 배는 얼마나 들어갔나 봅니다. 그렇게 자신을 들여다보는 행위가 글을 쓸 때 내면을 들여다보는 것과 비슷하다는 생각이 들었어요. 그래서 글쓰기와 몸 쓰기는 떼려야 뗄 수 없는 관계인 것 같아요. 여러분도 무언가 하고 싶은 게 있다면 체력 관리를 잘하시면 좋을 것 같습니다. 장기적으로 봤을 때 큰 도움이 될 것 같습니다.

소설가의 여행법

소설가들은 여행을 많이 다닙니다. 작가들은 여행을 다니면서 새로운 것들을 보고 영감을 얻기도 하고 여행지에서 글을 쓰기도 합니다. 그런데 저는 다른 작가들과는 다르게 작가 생활을 할 때 단 한 번도 여행을 가지 않았어요. 저는 작가 생활을 할 때 나중에 일하면서 출장 겸 여행을 가자고 마음먹었습니다. 그래서 작가 생활할 때 여행을 가지 않았던 거죠. 나름대로 존버한 거죠. 지금 저는 강연을 하러 전국을 돌아다닙니다. 그래서 여행을 다니고 싶지 않아도 다녀요. 혼자 KTX를 타고 멀리 다녀옵니다. 그때마다 그 지역의 맛집을 탐방하는 게 소소한 재미이기도 합니다.

이렇듯 소설가는 직업이 여러 개입니다. 때론 글을 쓰는 작가였다가, 때론 강연을 하는 강사였다가, 글을 안 쓸 땐 백수나 다름없습니다. 요즘은 글쓰기보다 강의를 더 많이 해서 본캐가 작가인지 부캐가 작가인지 헷갈리고 있는데요. 학생들이 저에게 작가님이라고 부를 때도 있고, 선생님 혹은 강사님이라고 부를 때도 있습니다. 어떤 분이 저에게 뭐라고 불리는 게 좋으냐는 질문을 하셨는데 저는 고민 하다가 작가님이라고 불릴 때가 더 좋다고 대답했으니 아마도 본캐는 작가인 것 같습니다.

백수

매일 글을 쓴다고 해도, 어느 날은 글이 도저히 안 나올 때가 있어요. 그럴 땐 어떻게 하느냐, 그냥 놀아야 합니다. 그럼 그날은 그냥 백수가 되는 거죠. 그래서 소설가는 더욱더 규율을 잘 지켜야합니다. 매일 운동을 하고, 하루 1장은 꼭 쓰겠다는 자기만의 규율이요. 저는 그래도 주변에서 의지가 강하다는 말을 많이 들었어요. 작가 생활을 할 때 거의 매일 글을 썼습니다. 이런 것처럼 우리는 약속이 없으면 너무 풀어지기 쉽습니다. 그래서 저는 저 스스로와의 약속을 지키려 노력합니다. 그게 다이어트이기도 합니다. 여러분들도 지금 노는 게 좋고 공부하기 싫겠지만 자기 스스로 만든 규율을 지킬 때 성장하는 걸 느끼실 거라고 생각합니다.

여러분, 소설가라는 이상하고도 멋진 직업에 대해 궁금증이 조금 풀리셨는지 모르겠습니다. 혹시 더 궁금한 점 있으신가요? 편하게 질문해주세요.

이렇듯 소설가라는 직업, 혹은 예술을 한다는 건 이런 장점도 있고 단점도 있습니다. 하지만 그걸 선택하는 건 용기 있는 사람만 하는 거라고 생각합니다. 그 불안정함을 이길 때 더 큰 만족감을 느끼는 것 같습니다. 그래서 저는 지금 소설가로서 살아가는 삶이 너무 좋습니다. 그러니 여러분들도 하고 싶은 일이 있다면 용기를 갖고 도전해보세요.

소설가라는 이상하고도 멋진 직업은
이야기의 힘으로 세상을 감동시키는 예술가입니다.

나는 작품으로 집을 짓는 소설家(가)입니다.

때로는 작가였다가, 강사였다가, 백수로 살아갑니다.

『잘 쓰겠습니다』 작가와
산길에서 나누는 이야기

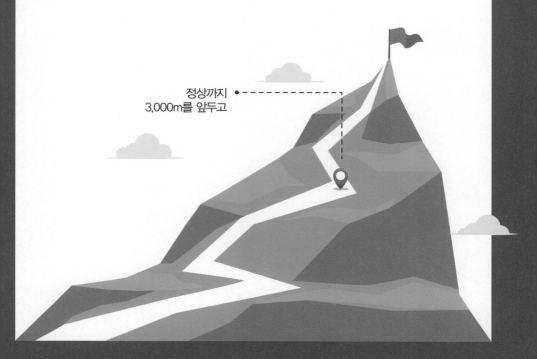

정상까지
3,000m를 앞두고

독자와 산길에서 만나다

안녕하세요, 여러분. 이렇게 소중한 토요일 저녁 시간에 저를 보러 와주셔서 감사합니다. 최근에 읽은 책『전략적 에세이 쓰기』에서 작가는 독자에게 진실된 자신의 이야기를 전해야 한다고 말합니다. 그래야만 독자들의 호감을 얻어 독자들이 마음과 지갑을 열게 된다고요. 이런 내용을 접하면서, 저도 작가로서 여러분과 진솔한 대화를 나누고 싶어졌습니다. 오늘 현장 판매를 하기 위해 편집자님이 책을 10권 가져오셨는데요. 과연 얼마나 많은 분들이 마음과 지갑을 열어서 사주실지 궁금합니다. 사실 저도 이런 자리를 되게 좋아해요. 독자들과 소통하는 작가이고 싶거든요.

네, 제 소개를 잠깐 드리자면 저는 작가이자 강사로 활동하고 있고, 이번 책은 강사 생활을 하면서 만난 학생들과의 에피소드를 다룬 글입니다. 저는 주로 〈숨고〉라는 플랫폼에서 활동합니다. 벌써 숨고 3년 차인데요. 숨고를 열심히 한 결과 제가 서울 지역 여자 강사 1위를 달리고 있습니다. 주변에서는 어떻게 이렇게 많은 학생들을 모을 수 있는지에 대한 궁금증을 품고 계신 분들도 많았죠. 오늘 작가와의 만남을 통해서 제가 이렇게 많은 학생들을 끌어모았던 비결을 알아 가실 수 있을 거예요. 이번 시간을 통해 제가 이뤄낸 성공의 비결과 함께 제가 경험한 다양한 이야기를 들으실 수 있을 겁니다.

책이 나오기까지

이 책을 기획하게 된 건 제 학생들 중에 진짜 특이하고 재밌는 분들이 많았기 때문이었어요. 그래서 학생들이 언제 한 번 학생들 이야기로 글을 써보라고 먼저 제안을 해주셨어요. 그런데 제가 생각하기에만 특이한 학생일 수 있잖아요. 이번에 책이 나왔으니 반응을 보면 알 수 있겠죠. 남이 봐도 특이한 사람들이 많았구나라는 것을.

저는 투고할 때 제 전자책 『취미로 글쓰기』를 보내드렸어요. 이걸 종이책으로 다시 내고 싶다고. 그런데 엉뚱하게 『잘 쓰겠습니다』가 나오게 되었는데 그 히스토리를 지금부터 들려드릴게요.

편집자님이 제가 인스타그램에 올린 『잘 쓰겠습니다』의 목차를 보신 거예요. 저는 이런 책을 한 번 내보고 싶다는 생각으로 별 뜻 없이 올린 거였는데 목차를 보시고 흥미를 가지신 거예요. 재밌을 거 같다는 생각이 드셨대요.

그리고 제가 강사로 여기저기 강연을 참 많이 다녔어요. 그런 모습을 보고 책을 내면 홍보를 잘할 거 같다는 이유로 책을 내보면 좋을 것 같다는 생각을 하셨대요. 사실 저는 엄마가 알면 안 되지만 돈이 안 되는 강연도 많이 다녔어요. 정말 강연이 좋아서. 그렇게 열정적이게 강연을 했던 게 이렇게 좋은 결과를 만들어낸 거죠.

제 강연 열정은 그들에게 영감을 주는 데 있었어요. 그래서 강연료를 받지 않더라도 제가 하고 싶은 이야기를 전할 수 있는 기회를 놓치지 않았어요. 이런 작은 기회들이 모여서 지금의 저를 만들었고, 결국 열정과 진심을 담아 사람들과 소통하려는 마음이 저를 이 자리까지 오게 만든 것 같아요.

강연을 할 때마다 청중과의 만남에서 얻는 에너지가 저를 더 열심히 하게 만들었고, 그 결과 더 많은 기회를 얻을 수 있었어요. 책을 통해 더 많은 사람들과 만날 수 있다는 생각에 가슴이 설렜어요. 이 모든 것이 제가 좋아하는 일을 하면서 쌓아온 작은 기회들이 모여 만들어진 결과라는 점에서 감사함을 느낍니다.

여기에 로맹가리 카페 사장님도 와주셨는데요. 로맹가리라는 카페는 저희 집 앞에 있는 카페예요. 제가 거기서 강연을 해도 되냐고 요청드렸는데 허락해주셔서 집 앞에서 강연을 했던 곳이에요. 로맹가리에서의 강연 역시 무료 강연이었죠. 로맹가리에서의 강연은 진짜 엄마 몰래 집에서 나와서 했던 강연이었어요. 엄마가 동네에서 나대지 말라고 하셔서요.

편집기획자님을 만나다

처음 편집자님에게서 온 전화를 받았을 때 목소리에서부터 저는 알 수 있었죠. 아 굉장히 이성적이고 객관적인 분이신 거 같다. 알고 보니 연애 세포가 다 죽으신 분이어서 더 이성적이고 객관적인 분이셨던 거예요. 그런데 저는 이 점이 참 좋았어요. 일만 열심히 하실 거 같아서. 그래서 무성애자에 가깝게 일만 하는 저랑 잘 맞았죠.

편집자는 크게 편집자와 편집기획자로 나뉘어져요. 둘 사이에 큰 차이점이 있어요. 바로 기획을 하느냐, 하지 않느냐예요. 작가 입장에서 만나면 좋은 사람은 제가 봤을 땐 편집기획자인 것 같아요. 편집기획자는 작가의 인생 전체를 보면서 책을 기획해주시는 분이에요. 저와 함께하신 편집기획자님도 작가이면서 강사도 함께하는 제 인생을 보고 이 책을 기획해주셨죠. 반면 편집자는 주로 원고를 수정해주는 일을 하시죠. 제가 만난 편집자님이 바로 편집기획자이시죠. 사람의 기저를 엿보시는 분 같아요. 밑바닥까지 보고 본질을 꿰뚫어보시는 분 같아요.

사실 그 전에 제가 전자책을 두 권을 냈어요. 『취미로 글쓰기』와 『소설 에세이 이론 원데이클래스』였는데 이론 전자책은 제가 편집기획자님께 말씀드리지 않았는데 찾아보시고 이걸 부록으로 싣자고 제안해주셨어요. 그때 정말 어떻게 저런 생각을 할 수 있을까, 정말 편집자는 작가보다 시야가 넓구나 하는 생각이 들었어요. 제 학생들도 듣더니 그 편집자님 생각이 있으신 분 같다고 말해주었어요.

저의 목표는 편집기획자님이 이번 책『잘 쓰겠습니다』를 통해 편집자 상을 타시는 거예요. 정말 잘되셨으면 좋겠어요. 편집자님이 또 저랑 한 살밖에 차이가 안 나세요. 1991년생이세요. 어린 나이에 능력이 대단하신 분이죠.

제가 2년 연속 학생들과 생일 파티를 했는데요. 2023년도, 작년에는 특별한 분도 초대를 했어요. 바로 이 책의 편집 기획을 맡으신 편집자님! 학생들이 다 글 쓰는 분들이니까 어떻게 책이 나오는지도 궁금할 테고 편집자라는 직업을 갖게 되기까지의 과정도 궁금해 할 거 같아서 함께하게 되었어요. 편집자님도 제 학생들 중 특이하고 재밌는 분이 많은 거를 되게 좋아하세요. 그래서 이번 책이 나온 거니까요.

집필 과정

벌써 작년이죠. 2023년 여름에 비가 정말 많이 왔어요. 그때 빗소리 들으면서 카페에서 이 글을 썼는데요. 주로 아침 7시에 썼어요. 제가 6년째 매일 가는 단골 카페가 있어요. 아침 7시에 문을 여는데 그럼 제가 첫 번째 손님이죠. 저는 대부분 카페에서만 써요. 그 이유가 뽀송뽀송한 기분으로 글을 쓰고 싶어서. 커피 한잔 마시면서 글 쓰면 뽀송뽀송한 기분이 드는데 집에서 쓰면 머리도 산발이고 누워서 노트북을 하고 있죠. 그게 싫어서 번거롭게 항상 카페로 출근을 합니다.

그래서 하루에 1개에서 2개 꼭지를 완성시킨 후 4개 정도가 모이면 편집자님께 이메일로 보냈어요. 거의 한 꼭지당 1시간 안에 다 쓴 거 같아요. 대표님과 미팅할 당시 제가 글을 빨리 쓴다는 말을 했는데 그 말을 듣고 그럼 그런 장점을 살리는 게 좋다고, 빨리 써서 보내라고 하셔서 다 완성된 다음이 아닌, 이렇게 쓸 때마다 보낸 거죠.

본문 집필은 거의 2주 만에 끝낸 거 같은데 이렇게 빨리 쓸 수 있었던 이유가 다 제 머릿속에 있었기 때문이죠. 사실 글쓰기는 키보드를 치는 순간부터가 글 쓰는 게 아니라 머릿속에서 구상하는 시간부터가 글쓰기의 시작이에요. 그래서 다 구상이 되어 있었기 때문에 빨리 본문 50페이지를 채울 수 있었죠.

이번 책을 읽어보신 학생들이 다 하는 말이 "정말 술술 읽힌다."였어요. 그 이유는 제가 한 꼭지를 쓰면서 단 한 번도 쉬지 않고 쉴 틈 없이 밀고 가서 그래요. 글을 쓰다가 중간에 쉬면 호흡이 끊기는데 그게 글에도 전해져요. 그래서 집중력이 굉장히 요구되는 작업인 것 같아요. 학생들이 저 보고 선생님은 집중력이 있는 것 같다고 했는데 사실 처음에는 집중력이 안 좋았어요. 그런데 연습으로 많이 좋아진 것 같고, 예를 들면 저에게 강연 제의가 들어오면 주최 측에서 얼마 전까지 ppt를 보내달라고 해요. 그럼 그걸 집중해서 만들어서 빨리 보내야 하거든요. 그래서 그런 것도 집중력을 연습했던 과정 중 하나였던 것 같아요.

제목이 나오게 된 계기

학생들과 많은 추억이 있지만 아무래도 같이 클럽을 간 학생과의 이야기를 빼놓을 수 없을 것 같아요. 지금 25살인 학생인데 이 학생을 처음 만난 건 재작년이었어요. 그 당시 23살이었죠. 군대에서 막 제대하고 복학하기까지 시간이 남아서 그때 웹소설을 써보고 싶다고 저를 찾아왔던 학생이죠. 처음에는 6개월가량 열심히 수업을 했어요.

그런데 어느 날 이 학생이 저에게 "선생님, 언제 한 번 클럽 같이 가실래요?" 하는 거예요. 그래서 제가 "콜!" 했죠. 그렇게 저희 둘은 어느새 클럽 친구로 변질되었어요. 사실 30대가 되어서는 클럽에 안 갔는데 그 학생이 막혀 있던 저의 클럽 혈을 뚫어주었죠.

그러다가 학생이 어느 날 자기 꿈에 제가 나왔대요. 그래서 그 학생이 글쓰기 선생님을 소재로 소설을 하나 썼는데 그 소설의 제목이 『잘 쓰겠습니다』로 나왔어요. 그 학생의 소설 제목을 빌려와서 제 책 『잘 쓰겠습니다』가 나오게 된 거죠. 제가 봤을 땐 그 학생도 영감이 발달된 것 같아요. 꿈에 제가 나오고. 『잘 쓰겠습니다』는 학생이 선생님에게 하는 말 같기도 하죠.

보통 제목을 정해 가도 출판사 측에서 돈이 될 법한 제목으로 바꿔주는데 저는 한 번에 통과 되었어요. 사장님도 제목을 마음에 들어 하셨어요.

덧붙여 말씀드리자면 『잘 쓰겠습니다』는 장류진 작가의 소설 『잘 살겠습니다』를 패러디한 제목이기도 해요. 장류진 작가의 글을 되게 재밌게 읽었는데 클럽 친구 학생에게도 보여주다가 장난처럼 나온 제목이죠.

강원국 작가님의 추천사

잠시 여러분께 소개해드릴 분이 계십니다. 바로 이 책의 앞에 멋진 추천사를 써주신 강원국 작가님이십니다. 귀한 시간 내주신 바쁜 분이세요. 사실 강원국 작가님은 많은 독자분들에게 사랑을 받는 분이시지만 저희 학생들 사이에서는 '원국이 아저씨'라고 불리세요. 모르셨죠. 죄송해요. 되게 멀쩡한 사람도 작명 센스가 대단한 저희 학생들이랑 같이 놀면 이상한 별명을 가지게 되죠.

저는 강원국 작가님의 글 중에 『강원국의 글쓰기』라는 책을 가장 좋아해서 학생들에게도 수업 때 그 책을 보여주었어요. 그러면서 제가 이렇게 말했죠. "이 아저씨는 참~ 글을 잘 써." 그랬는데 지금 앞에 와 계신 거죠. 그래서 강원국 작가님으로 호칭이 변했다는.

많은 분들이 강원국 작가님과 저의 인연을 궁금해하세요. 사실 강원국 작가님과 저의 인연은 이번이 처음이 아니에요. 그 전에 『취미로 글쓰기』 전자책을 냈을 때 작가와의 만남 행사 때도 함께했죠.

그때 제가 인스타그램 DM으로 강원국 작가님께 섭외 요청을 드린 거였어요. "안녕하세요. 강원국 작가님. 작가님의 광팬 김연준 작가라고 합니다. 제가 이러이러한 행사를 기획 중인데 혹시 가능하실는지요." 이런 식으로 메시지를 보냈죠. 그때 인연이 되어 이번 책의 추천사도 부탁드렸는데 정말 감사하게도 원고를 보낸 지 1시간 만에 읽으시고 바로 써주셨어요.

나만의 글쓰기 수업 철학

사실 저는 글쓰기 강사가 되기 전에 걱정이 많았어요. 자유롭고 스트레스 받는 거 싫어하고 속박되는 거 싫어하는 성격인데 이런 사람은 무슨 일을 하면서 먹고살아야 하나. 밥벌이는 할 수 있을까. 그래서 프리랜서로 활동하는 것일 수도 있어요. 그런데 다들 주변에서 프리랜서면 수입이 일정하지 않지 않냐고 걱정을 하시는데요. 저는 자기가 끊임없이 진취적으로 일을 찾아다닐 자신이 있으면 프리랜서를 해도 된다고 생각해요. 저는 그거를 정말 잘하거든요. 다 제가 알아보고 하겠다고 해요. 근데 이건 자신할 수 있는 게 다른 강사님들은 저만큼 못해요. 귀찮거든요. 그래서 저는 숨고 3년 내내 대기업 부장님 월급이었어요.

많은 글쓰기 강사분들이 계시겠죠. 좋은 분들이 많을 거예요. 글뿐만 아니라 인생에 대한 이야기도 해주실 분들이라고 생각하거든요. 저는 사실 다른 글쓰기 강사님들은 어떻게 하는지 별로 안 궁금했어요. 지금도 별로 안 궁금해요. 다만 저는 제가 가진 지식을 누군가와 나누고 싶다는 생각을 예전부터 했는데, 그래서 강사가 된 것 같아요. 책을 많이 읽었고 이걸 누군가에게 알려주고 함께 공유하고 싶다는 생각이 강했어요.

제 수업료도 별로 비싸지 않아요. 그렇게 측정한 이유는 제가 글을 써보니까 글을 쓸 땐 돈이 없더라고요. 커피 값도 벌 수 없죠. 그래서 그 심정을 잘 아니까 비싸게 측정을 못 하겠는 거죠. 그래서 이렇게 정했다고 말하니까 학생들이 "선생님 멋있어요."이러더라고요.

저도 숨고에서 고객으로 여러 가지를 배워봤는데요. 그분들은 저만큼 잘되신 분들은 아니죠. 저는 잘돼서 책까지 나왔으니 누가 봐도 어느 정도 잘된 것 같아요. 제가 만났던 선생님들과 제가 다른 점이 있다면 저는 학생들과 격의 없이 지낸다는 것이에요.

수업을 하다 보면 학생들이 정말 저에게 감사한 마음이 들어서 순수한 마음으로 밥이나 술을 사주겠다고 많이 해요. 그래서 제가 많을 땐 일주일에 2~3번 학생들과 술자리가 있었어요. 학생들과 마신 술만큼 강사로 높이 오른 것 같아요. 어떤 분은 제게 "한 번쯤은 술자리를 거절하는 게 매력이다."라고 말하셨지만 막상 제 입장이 되어보시면 정말 저 좋다고 하시는 분들이라 거절을 할 수가 없어요. 그래서 저는 거짓말 안 하고 단 한 번도 술 마시자는 학생의 제안을 거절해본 적이 없어요. 여기 오신 분 중에 저랑 밥이나 술을 함께 드셔보신 분 손 한 번 들어보세요. 네, 이렇게나 많죠~.

그런데 이어서 말씀드리자면, 제가 숨고에서 만났던 선생님들은 다 학생들과 거리를 두셨어요. 카톡 해도 답장을 느리게 해주시고요. 인간적으로 대해주신다는 느낌을 못 받았어요. 저는 권위를 내려놓았을 때 권위가 생기는 거라고 생각해요. 권위를 내려놓음으로써 선생님은 학생들에게 더 많은 영감과 동기부여를 줄 수 있다고 생각해요. 학생들은 선생님의 인간적인 면모를 보고 가깝게 느낄 수 있고 자신도 더 열정적으로 노력하고 성취하려는 자극을 받을 수 있겠죠.

그래서 다른 선생님들과는 다른 그런 모습 때문에 이번에 학생들과의 에피소드를 담은 책도 나오는 것이라고 생각해요. 그런데 저는 학생들에게 거리를 두고 대하는 게 더 어려워요. 아무래도 가르치는 과목이 글쓰기라서 더 그런 것일 수도 있어요. 글쓰기 수업은 저마다 각자의 사연을 가진 사람들이 오는데 저에게 자기 이야기를 솔직하게 털어놓으시는데 어떻게 진심으로 대하지 않을 수 있겠어요.

저는 한 달에 30명의 학생들과 1대1 수업을 하는데 많은 분들이 '어떻게 그 학생들을 관리하느냐?'고 묻습니다. 저는 그냥 학생들에게 먼저 카톡을 자주해요. 친구처럼 대하고요. 부담 없이 대합니다. 학생들과 시시콜콜한 이야기도 많이 하구요.

강사로서 힘든 점

기억에 남는 악플이 있어요. 제가 수업 캔슬한 거만 딱 캡처해서 올린 분인데요. 제가 사람을 가려 받는다고 쓰셨더라고요. 맞아요. 학생이 선생님 고르듯이 선생님도 학생을 고르는 게 맞다고 생각합니다.

그분은 전화로 처음부터 저한테 "경력이 어떻게 되는데요?" 이렇게 말하셔서 제가 기분이 너무 나빴어요. 강연 제안이 와도 "강사님, 실례지만 프로필을 받아볼 수 있을까요?" 이렇게 문의를 하시거든요. 그런데 그렇게 말씀하셔서 느낌이 싸했어요. 이런 사람이랑은 1시간도 버티기 힘들어요. 글쓰기 수업은 일반 국영수 수업과는 다르게 대화를 하면서 진행되는데 이렇게 무례한 학생들과는 소통이 어렵죠. 그래서 제가 고민 끝에 수업을 취소했죠. 선생님이 학생이 마음에 안 들어서 거절하겠다고 하면 학생도 상처를 받을 거 아니에요. 그래서 좋게 좋게 돌려서 거절한 거죠.

그런데 자기가 잘못한 건 안 올리고 제가 수업 취소한 거만 올린 거예요. 그분이 1점 주셔서 평균 별점이 확 깎였어요. 되게 속상한 일이죠. 수업 취소하길 잘한 것 같아요. 결국 이렇게 1점을 주는 사태까지 벌어졌잖아요. 만약 수업을 진행했다면 더 안 좋은 일이 일어날 수도 있었겠죠.

제가 몇 명을 가르쳤는지 세보지는 않았는데 대략 400명이라고 치면 그 중 8명 정도가 저에게 사심을 품었어요. 그때마다 되게 곤란했어요. 고백을 했고, 제가 거절했는데 수업을 이어나가기가 힘들잖아요. 그래서 자연스럽게 그만두게 만들었는데 정말 어떤 때는 제가 너무 스트레스를 받아서 술을 마셨던 적도 있어요.

책 속 이야기를 해보죠.

글 써서 돈을 벌려면_티끌 하나의 욕망도 없던 아줌마 학생

많은 분들이 관심 가지실 만한 내용인 것 같아요. 글 써서 돈을 벌기란 참 쉽지 않죠. 작품을 완성하기까지의 습작 기간 동안은 누가 지원해주는 것도 아니고요. 커피 값이라도 있어야 하니까요. 책의 들어가는 말에도 썼지만 저는 글만 썼던 작가 생활을 할 당시 돈을 거의 못 벌었어요. 그래도 2년 동안 계속 썼죠. 그때 부모님께서 밀어주셔서 그렇게 글을 쓸 수 있었는데요. 그러다가 글쓰기를 그만둔 건 제가 더 이상 이렇게 살면 망가질까봐예요. 앞가림을 하고 싶었어요. 제가 언니도 있고 남동생도 있는데 다 돈을 성실히 잘 벌어와요. 저만 집에서 예술 한답시고, 글 쓴답시고 나대다가 쓸모없는 존재가 된 거죠.

그러다가 20대 때 다이어트는 그래도 열심히 해서 외적으로 자신감이 있었어요. 그래서 미용 모델이라는 걸 하게 되었는데 메이크업, 네일, 피부, 헤어 모델이 되어 수험자가 자격증 시험을 볼 때 모델이 되어주는 거예요. 그거도 수입이 나쁘지는 않았어요. 거의 1시간에 10만 원을 주거든요. 그런데 외모로 먹고사는 거라 스트레스도 상당했어요. 뾰루지가 날까 봐 과자도 못 먹고… 그렇게 글을 써서 돈을 안 벌어도 다른 일로 돈을 벌게 되니 글을 써야겠다는 마음이 다시 생기고 경제적 부담감도 없어졌어요.

그리고 숨고라는 플랫폼에 우연찮게 등록을 해봤는데 처음 한 달 동안은 연락이 한 명도 안 왔어요. 고수는 캐시 4만 5000원을 충전하고 해야 하거든요. 그 당시에 제게 4만 5000원은 큰돈이었어요. 그래서 '나 사기당했네.' 그런 생각을 했어요. 다음 달 1월에 다시 한번 올려봤죠. 그러다 맨 처음 연락이 온 분이 50대 학생인데요. 혼불문학상을 준비한다고 하셨고 그때 채만식을 소재로 소설을 쓰시겠다고 해서 제가 채만식 자료 조사해서 도와드리고 그랬는데, 그때 그분이 코로나 걸리셨는데 나이도 있으셔서 중증으로 병원에 입원까지 하게 되셨어요. 그래서 수업을 한 번밖에 못 하셨어요. 그렇게 첫 학생이 또 떠나갔죠. 그런데 이번에 그 학생이 저를 기억하고 제 인스타그램에 찾아온 거예요. 그분은 아마 자기가 저의 첫 숨고 학생이었는지 모르고 계실 거예요.

그러다가 첫 달 만에 20명, 두 번째 달 만에 학생 수 30명을 채웠죠. 사실 저는 숨고에 가입한 지 얼마 안 되었을 때라 고용 수도 0이고 그랬을 텐데 도대체 어떤 부분에 끌려서 저를 그렇게 많이 선택해주셨는지 모르겠어요. 지금도 주변에서 저의 성공 사례를 보시고 자기도 숨고를 해보겠다고 해서 하시는 분들 계신데 저처럼 잘되진 않더라고요. 자긴 연락이 하나도 안 온다고.

그렇다면 어떻게 하면 글을 써서 돈을 벌 수 있을까요. 제 학생 중에 불교의 무아 사상(즉 내가 없는 상태, 해탈한 경지)으로 글을 써보고 싶다는 학생이 있었어요. 그 학생의 무아 사상이 글쓰기로 돈 벌기에도 적용될 수 있는 것 같은데 글을 써서 내가 뭔가를 이루겠다, 부귀영화를 누리겠다, 이런 욕망이 다 없어지고 순수한 마음만 남았을 때 돈이 따라오는 것 같아요.

글쓰기는 순수한 마음에서 출발해야 합니다. 욕망에 사로잡힌 상태에서는 자신의 글이나 이야기를 판매하기 위한 목적으로만 글을 쓰게 되고, 독자에게 드러나요. 그 결과, 독자들은 글에 진실성을 느끼지 못해요.

반면에, 욕망을 버린다면 자신의 글을 순수한 의도와 열정으로 쓸 수 있어요. 글쓰기가 자신의 내적 탐구와 타인에게 도움을 주는 과정으로 여겨질 때, 독자들도 그런 진정성을 느끼게 되는 거죠.

무아 사상의 철학은 자아를 버리고 욕망을 없애는 것이지만, 글쓰기에서도 동일하게 적용될 수 있는 것 같아요. 욕망을 버리고 자아를 해체함으로써, 글 쓰는 사람도 자유로워질 수 있다고 생각해요.

글쓰기가 돈을 벌기 위한 수단이 아니라, 자신의 내적 성장과 탐구를 위한 수단으로 여겨질 때, 글이 진정한 가치를 발휘하는 거죠. 이런 진정성과 가치가 독자들에게 전달될 때, 그 결과로 돈을 벌 수 있는 기회가 찾아오는 것 같아요.

쓰는 사람이 즐거워야 읽는 사람도 즐겁다_저세상 텐션으로 동화를 썼던 조종사 학생

쓰는 사람이 즐거워야 읽는 사람도 즐겁다 파트에 대해서 이야기를 해볼게요. 동화를 쓰신 두 분의 학생 이야기가 나오는데요. 그중 한 분이 여기 와 계십니다. 나는 꿈 매니저를 쓰신 학생께서 참석해주셨습니다. 이 학생의 나는 꿈 매니저는 학생들 사이에서 유행어처럼 번지고 패러디도 되었어요. 바로 제가 학생들의 꿈을 이뤄주는 꿈 매니저라는 거예요. 듣고 보니 맞는 것 같아요. 취미로 글을 썼다가 작가가 된 학생들은 꿈을 이룬 거죠.

이 학생은 그 전에 자전소설을 쓰셨는데 어두운 이야기가 주로 나와서 쓰면서 스스로 힘들어하셨어요. 그래서 이번에는 동화를 써보셨는데 쓰면서 동화의 밝은 분위기 때문에 스스로도 즐거워하셨어요. 지금까지 동화를 쓰셨던 학생이 7명 정도 있었던 것 같은데, 다 공통점이 텐션이 높았다는 거예요. 어떤 분은 아예 어린이집에서 일하시는 분이었어요.

여기 나오는 조종사 학생은 A항공사 기장님 학생이신데 회사에서 이렇게 글 쓰고 대외 활동을 하면 일 안 하고 딴짓한다는 시선을 보낼까 봐 순화해서 표현된 것인데요. 그분이 정말 텐션이 장난이 아니에요. 아무래도 직업도 세계 곳곳을 돌아다니는 분이어서 그런 것 같아요. 항상 영감으로 가득 차 계신 분이죠. 이런 분이 글을 써야 한다고 생각해요. 작가는 여행을 많이 다니면서 상상력을 키우면 좋기 때문에요. 저 같은 경우는 맨날 강의에 잡혀 있어서 어딜 못 가죠.

그분이 모임에서 강원국 작가님과 만나셨어요. 세상이 참 좁은 거 같아요. 근데 이 학생이 모임에서 강원국 작가님 만났다고 말해주기 전에 제가 꿈을 꿨는데 며칠 전부터 꿈에 강원국 아저씨가 아니 작가님이 나오셨어요. 그러더니 두 분이 모임에서 만나게 된 거죠.

이 학생은 50대이신데 그분은 직업상 세계를 돌아다니셔서 열려 있고 자유로운 영혼이에요. 수많은 선생님 중에 저를 선택한 이유도 재밌어요. 회사 생활을 안 해봐서 저를 선택했대요. 저는 회사 생활을 해본 적이 단 한 번도 없는데 추호도 자랑이라고 생각 안 해요. 어쩌면 할 줄 아는 게 글쓰기밖에 없어서 취직을 못한 루저일 수도 있겠죠. 그런데 그분 생각은 달랐어요. '조직 생활을 해본 사람은 뭔가 다르다, 틀에 박혀 있는 생각을 한다.'였죠. 그래서 상상 초월 자유 영혼인 저를 선택하셨는데, 우리는 참 잘 맞았어요. 그분이 제게 이런 말을 하셨어요. "우리는 나이를 떠나서 참 좋은 친구죠."

그러고 보면 저도 제가 쓴 습작품들을 보면 어떤 글은 정말 쥐어짜듯이 쓴 글이 있는데 그런 글은 내가 봐도 재미가 없고 읽는 사람도 재미가 없었어요. 슬프게도 힘들게 쓰인 글은 버리는 게 나은 작품인 게 많았어요. 반면 술술 써졌던 작품이 성공하는 확률이 높았던 게 많았어요. 그래서 최대한 글을 즐기면서 써야 해요.

저는 좀 자아도취일 수도 있겠는데 제가 쓴 글을 읽으면서 스스로 키득거리면서 재밌게 읽는 타입이거든요? 근데 그게 왜 그런가 했더니 내가 쓸 때도 신나서 재밌게 써서 그런 것 같아요.

언어적 감수성이 풍부하려면_성소수자 학생들

제 학생들이 진짜 성소수자가 많았어요. 이 학생들의 공통점은 예의 바르고, 공감력이 뛰어나고, 감각적이라는 것인데요. 다들 처음부터 제게 커밍아웃을 한 건 아니고 몇 번 수업하다가 조심스레 커밍아웃을 하더라고요. 그런데 저는 성소수자 학생들도 차별 없이 대하기도 하고 성소수자 학생들의 감각에 놀라서 더 이분들에게 애착이 가는 것 같아요.

바이라고 고백했던 여학생이 있는데 그분도 글쓰기 수업을 진행한다고 했거든요. 자기 커리큘럼을 보여줬는데 굉장히 디테일하고 감각적이어서 놀랐어요. 미끼 문장, 마인드피싱, 신체 각 부위에 대한 명칭으로 문장을 써본다 등등…. 미끼 문장이라는 말은 저로서는 못 들어본 말인데 굉장히 놀랐어요. 저는 기껏해야 음주 수업 혹은 성애물 잘 쓰는 법 정도가 커리큘럼에서 특이한데 이 친구는 커리큘럼도 감각적이구나 하는 생각이 들었어요.

성소수자는 종종 사회적인 편견에 직면할 수 있죠. 감각적인 글을 통해 자신의 경험을 사회적으로 이해받고 받아들여줄 수 있는 다양한 시각을 제시하거나 사회적인 변화를 이끌어낼 수도 있을 거 같아요. 그중에 트렌스젠더를 준비했던 트젠 지망생 학생 이야기를 빼놓을 수 없는데요. 그 학생이 되게 웃긴 말을 많이 남겼죠. 남성에서 여성으로 되려는 학생이었는데 저한테 저 같은 여성이 되고 싶대요. 왜냐고 물었더니 "깊이 있고 남자다워서." 욕인지 칭찬인지 뭔지 놀리는 건지 모를 대답이죠. 근데 저 진짜 조금 남자다워서 솔직히 인정합니다. 저 예전에 20대 때 남자 친구한테도 제가 먼저 결혼하자고 했어요. 근데 싫대요. 그래서 결혼을 못하고 지금 강사로 여기까지 올라왔어요. 참 감사한 분이죠.

아무튼 그 트젠 학생이 그런데 저를 좋아했나 봐요. 왜냐면 트젠은 평소엔 다른 사람들에게 차별받을 거 아니에요. 성별이 특이하니까. 근데 저는 차별 없이 대해주니까 저를 좋아해서 저한테 사귀자고 고백했어요. 그때 저도 충격 먹었죠. 아 난 역시 치명적이구나. 어떤 여학생은 저한테 "선생님 팜파탈이에요."라고 말해주었죠. 하지만 저는 트젠을 받아줄 수 없었어요. 트렌스젠더는 요즘 유행하는 최신 성별인데 그걸 따라가기에 저는 조금 유행을 못 따라가는 사람인 것 같아요.

또 다른 바이 여학생이 저한테 그랬어요. 선생님은 "너~~~~~~~무 이성애자에요. 그래서 레이더가 안 돌아가요." 맞아요. 저는 존.나.게 이성애자에요.

잘한다 잘한다 잘한다_칭찬을 먹고 자랐던 부장님 학생

저는 학생들에게 칭찬을 더 많이 해주려고 해요. 여자 선생님과 남자 선생님의 가장 큰 차이가 있어요. 여자 선생님은 학생이 상처받을까 봐 빙빙 돌려서 말해주는데 남자 선생님은 팩트를 정확히 다이렉트로 말해주는 점이죠. 그런 장단점이 있을 텐데 아무튼 저는 여자 선생님이잖아요? 그리고 심지어 글쓰기 수업이잖아요. 그래서 최대한 학생들이 상처를 안 받게 피드백을 해주려고 해요. 글로 까이면 나 자신을 까는 듯한 느낌이 종종 듭니다. 그래서 학생들의 자존심에 스크래치가 나지 않게끔 주의를 하구요. 실제로 남학생인데도 제게 자긴 상처받을 거 같으니까 돌려서 말해달라고 요청했던 분도 있어요.

책에는 칭찬을 먹고 자랐던 학생인 부장님 이야기가 나오죠. 저도 부장님이라고 불러요. 제 학생들은 부장님, 사장님, 원장님, 기장님, 과장님까지 다 있어요. 이제 이장님만 들어오면 된다고 제가 장난처럼 말하는데 부장님 학생은 이모티콘도 부장님 스타일의 이모티콘을 쓰세요. 넥타이 맨 중년 남자 일러스트의 이모티콘인데 그것도 캐릭터가 있었어요. 부장님 학생은 『서울 자가에 대기업 다니는 김 부장 이야기』라는 책을 읽고 자기 이야기인 것 같다고 거기서 영감을 얻었다고 제게 의뢰를 해왔어요. 그 책에 나오는 김 부장이라는 캐릭터가 굉장히 입체적이거든요. 서울 자가에 대기업을 다니는 김 부장인데 대리가 차를 사거나 명품 가방을 메면 약간 위축되는, 그런 캐릭터였어요. 그런데 부장님 학생도 비슷해요. 부장님이어서 연봉이 1억이 넘으시지만 정작 마님이라고 부르는 자기 아내분이 돈을 다 가져가셔서 땡전 한 푼도 없으세요. 그래서 저한테 수업료 낼 때도 자기 주식 팔아서 냈어요. 그게 되게 웃겼어요.

부장님에게 제가 칭찬을 되게 많이 해주었어요. 잘한다, 잘한다, 잘한다고. 부장님은 점심시간에 틈을 내서 수업을 받았는데 진짜 열심히 하셨어요. 회사에서 업무 시간에도 글을 쓰셨는데 회사 컴퓨터에는 보안이 걸려 있으니까 핸드폰의 폴라리스 오피스라는 앱으로 글을 쓰셨죠. 다른 부하 직원들은 다 부장님 열심히 일하는 줄 알았을 텐데 부장이라는 직급이어서 짬이 좀 차셔서 소설을 열심히 쓰셨어요. 부장님이 처음으로 쓰신 소설은 제목이 『구독인간』인데 정수기 구독 회사에 다니세요. 그래서 20년간 구독 렌털 서비스를 해오셨던 걸 소설로 알리고 싶다고 이런 작품을 써오셨어요.

부장님은 저에게 반년 정도 배웠을 거예요. 지금은 배우지 않지만 거의 일주일에 2번 정도 카카오톡으로 연락을 할 정도로 계속 친하게 지내고 있죠. 부장님이 되게 스윗하세요. 제가 맨날 "부장님 안녕하세요." 하고 연락하면 "안녕하세요 우리 예쁜 선생님." 하고 답을 해주세요. 그러고 보니 제 학생들이 요새 저한테 우리 선생님, 우리 연준샘 이렇게 불러주셔서 저도 참 좋아요.

실패한 인생도 글로 순화시키기_파혼의 경험으로 탄생한 『버진로드』

『버진로드』라는 멋진 희곡을 쓰신 학생께서 여기 와 계세요. 바로 저분이신데요. 『버진로드』는 파혼을 한 커플이 결혼식 계약금을 돌려받기 위해 친한 척 합세해서 다시 만난 이야기에요. 상황이 굉장히 극적이죠. 실제 경험담이라고 하셨어요. 파혼까지 가신 걸 보면 그래도 결혼하실 뻔했는데 못 하셨지만 결국 이런 좋은 작품이 나왔죠. 그래서 그 당시에는 실패한 인생이라고 생각했는데 글로 순화가 된 거죠. 이 학생이 지금 35살이시거든요. 나이 밝혀서 죄송해요. 근데 그 정도 나이가 되면 한 번쯤은 결혼할 뻔하다가 못한 경험이 있으신 분이 많으실 거예요. 그래서 많은 분들의 공감을 살 것 같고 5년 만나고 결혼하거나 아니면 헤어진 사람들이 되게 많아서 그것도 보편화가 잘된 것 같아요.

마지막쯤에 이 학생이 "30대는 속도전이다."라는 말을 되새기며 끊임없이 소개팅을 하고 있다고 나오죠. 맞아요. 30대는 속도전이에요. 끊임없이 만나야 해요. 20대 때는 한 사람 가지고 시간을 많이 끌었죠. 그때는 어려서 이 사람이 가면 더 좋은 사람이 온다는 사실을 몰랐던 것 같아요. 이건 진짜 명언인 것 같아요. 30대는 속도전이다. 그래서 현재 『버진로드』를 쓴 학생의 근황은 '소개팅을 열심히 하고 계신다.'입니다.

시행착오도 겪어봐야 하지 않나요?_버려지는 글을 쓰는 학생들

사실 제 학생들이 급한 분들이 많았어요. 빨리 글을 잘 쓰고 싶고 빨리 작가가 되고 싶은 분들이 많죠. 그런데 좀 말도 안 되게 급하신 분들이 많았어요. 사실 저는 소설을 쓸 때 버린 글이 되게 많았어요. 1년 동안 초고를 쓴 장편소설도 마음에 안 들어서 그냥 버렸어요. 그때 제가 썼던 장르가 연애소설이었는데 22살에 장편소설에 도전했는데 연애 인풋도 별로 없으면서 그런 글을 쓰려고 해서 더 안 나왔던 것 같아요.

제목도 기억해요. 『수학이 좋다』였어요. 뜨거운감자의 노래 제목을 따왔는데 인생에는 답이 없는데 수학에는 답이 있잖아요. 그래서 수학이 좋다인데, 그런데 저는 사랑이라는 인생 문제는 답이 없기 때문에 틀리는 것이라고 생각했어요. 그래서 소제목이 문제/풀이/정답/오답 노트였어요. 문제가 서론이고 풀이가 본론이고 정답이 결말이고 오답 노트가 에필로그였어요. 나름 제목은 참신하다고 생각했는데 문제는 연애 서사였죠. 그래서 1년 동안 커피 값을 날린 거나 다름없었어요. 그래도 그냥 버렸어요. 대신 큰 깨달음을 얻었죠. 연애소설은 쓰면 안 되겠다. 그래서 그 후로 저는 소설은 미스터리만 썼어요. 원래 어두운 걸 좋아해요.

그런데 이 책에는 그런 시행착오를 시간 낭비라고 생각한 학생 이야기가 나오죠. 다른 파트는 다 학생을 칭찬하고 마지막에 이래서 좋았다 이런 느낌인데 여기서는 약간 학생이 부정적으로 보일 수도 있어요. 이런 느낌의 글을 한 개 넣은 이유는 제 학생들 중 초등학생들이 요즘 나오는 책을 보면 다 이래서 좋고 잘했다 이런 칭찬으로 끝난다는 거예요. 그래서 어떻게 보면 그게 더 부자연스럽고 가식적으로 보일 수도 있어서 이런 느낌의 글을 하나 넣어봤어요.

버려지는 글은 습작품이 되는 건데 습작 시절 글의 장점이 있어요. 바로 솔직한 글을 쓸 수 있다는 점이에요. 저처럼 작가로 대중에게 글을 쓰는 사람은 작가의 품위 때문에 너무 솔직한 글을 쓰면 편집당하죠.

실제로 누군가에게 보여주는 목적이 아닌 습작품으로 쓰겠다고 하면서 자신의 외도를 소재로 쓰겠다고 하셨던 분이 2명이나 계셔요. 들으면서 되게 재밌었어요.

오늘 이렇게 저를 보러 와주셔서 감사드립니다. 귀한 시간 내주셔서 진심으로 감사합니다. 이제 사인회를 마지막으로 작가와의 만남을 마무리하려 합니다. 참고로 저는 서서 하는 스탠딩 사인회를 진행합니다. 작가가 앉아 있고 독자가 서 있는 것이 불편해 보였기 때문입니다. 독자분들 중 많은 분들이 작가 지망생이실 텐데, 자존심 상하지 않도록 배려하고 싶었습니다. 그럼 가시는 발걸음마다 행복이 가득하시길 바랍니다.

『잘 쓰겠습니다』 독자와 산길에서 만났습니다.
산행 중에 만난 독자는 저를 따뜻한 미소로 반겨주셨습니다.

영화 〈허리케인 카터〉에는 이런 대사가 나옵니다.

"사람이 책을 고르는 것이 아니라

책이 사람을 고른다."

산을 오르며,
나의 내면을
털어놓는 시간

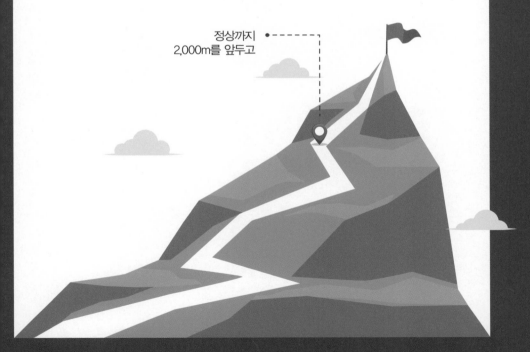

정상까지
2,000m를 앞두고

KTX를 타고 전남 한빛고등학교를 가다

한빛고등학교 학생 여러분 안녕하세요. 저는 산 넘고 물 건너 서울에서 온 김연준 강사라고 합니다. 제가 강연할 주제인 〈글쓰기와 기도〉는 섭외가 들어오기 전부터 미리 써놓았던 대본인데요. 과연 어디서 이런 기독교 색채가 강한 강연을 할 수 있게 될까 했는데 마침 기독교 학교인 한빛고등학교에서 하게 되었습니다. 담당 선생님께서도 한빛고등학교의 기독교적인 색채를 살려서 강연을 해달라고 부탁하셨습니다.

오늘 글쓰기가 우리의 삶을 어떻게 바꾸는지, 또 어떤 글쓰기들이 있는지 이런 것들을 준비해봤어요. 그럼 시작해보도록 하겠습니다.

글쓰기는 어떻게 삶을 바꾸는가

글쓰기에는 여러 종류가 있는데 그중 저는 먼저 여러분이 한 번쯤 적어봤을 법하고, 가볍게 적을 수 있는 버킷리스트에 관한 이야기를 하고 싶어요. 아마 새해가 시작됨과 동시에 올해 이루고 싶은 버킷리스트를 적으신 분이 있으실 거라고 생각해요. 숙제로 감상문 써와라 하면 정말 쓰기 싫은데 이상하게 버킷리스트를 쓸 때면 가슴이 쿵쾅 뛰는데요.

버킷리스트를 쓰면 내 가슴을 뛰게 하는 게 무엇인지 알 수 있고 그것에 대해 꿈꿀 수 있고 또 그 꿈을 이룰 수 있게 돼요. 버킷리스트를 작성하면서 우리는 스스로에게 약속을 하게 됩니다. 그 약속은 우리를 더 열심히 살게 하고, 더 큰 성취감을 느끼게 합니다. 매일매일의 삶 속에서 버킷리스트를 되새기며, 하나씩 이루어나가는 과정은 우리에게 큰 자부심과 만족감을 줍니다.

말이란 뱉으면 공기 중에 흩어져 기억나지 않지만 글은 기록하면 영원히 남죠. 그리고 내가 쓴 글을 몇 번이고 반복해서 보면 그 글이 나를 지켜보며 강력한 파워를 선사하죠. 자신의 소망과 바람에 대한 글을 쓰는 건 믿음을 그리는 과정이라고 생각해요. 나의 잠재의식에 각인이 되고 우리는 그것을 향해 행동하게 되죠.

저는 매일 기도 제목을 공책에 써요. 소망하는 것들을 번호를 매겨서 적죠. 매일매일 업데이트가 됩니다. 번호 한 개당 한 줄밖에 안 되는 글이지만 저는 이걸 하나씩 이루어갈 때마다 한 줄을 띡 하고 그어요. 기도 제목이 저만의 버킷리스트나 다름없는 셈이죠.

"구하라 그리하면 너희에게 주실 것이요. 찾으라 그리하면 찾아낼 것이요. 문을 두드리라 그리하면 너희에게 열릴 것이다. 구하는 이마다 받을 것이요. 찾는 이는 찾아낼 것이요. 두드리는 이에게는 열릴 것이니라."

제가 가장 좋아하는 성경 구절이에요. 저는 주변에서 욕심이 너무 없다는 말을 해줘서 현재에 만족하지 않고 항상 지금보다 더 크게 구해야겠다는 생각을 해요. 일이 없을 땐 일을 찾아다녔던 적도 있고요. 좋아하는 이성에게 똑똑 문을 두드려봤던 적도 있어요. 그럼 문이 반쯤은 열려요.

그래서 노트에는 주로 구하는 내용의 글이 대부분입니다. 저는 항상 이렇게 구하는 글을 썼는데 그것들이 조금씩 저를 바꿔서 목표를 이루어가게 된 것 같아요. 제가 썼던 목표 중에 '강연하기'도 당연히 있었는데 그런 것들이 모여서 지금 이렇게 여러분들 앞에 서 있게 된 것 같아요.

"그리스도인에게 작가(author)가 된다는 것은 창조주(author)가 그리하셨던 것처럼 창조의 의미를 뜻한다."

『글쓰는 그리스도인』이라는 책에서 제가 인상 깊게 읽었던 구절인데요. 흔히 글을 쓰는 사람들은 글짓기를 집짓기에 비유합니다. 작가는 그래서 목수나 다름없지요. 아직 존재하지 않았던 새로운 건축물을 짓는 건축가나 목수와 같이 작가도 새로운 우주를 설계하고 창조하는 일을 해요. 작가가 만들어낸 세계 또한 또 하나의 우주라고 생각해요.

작가도 자료를 모아서 어떤 집을 지을지 결정을 하는 것처럼 작가도 어떤 장르를 쓸 건지, 구성을 어떻게 할 건지를 정해야 해요. 어떤 것들로 채울 건지, 손잡이는 어떻게 할 건지 작은 것들부터 큰 것까지. 나무 재료는 오동나무를 쓸 건지 하나하나 정해야 해요. 그런 게 결정되면 본격적으로 집짓기에 들어가요. 추가하기도 하고 빼기도 하면서 하나의 완성물을 만들어가요. 이런 과정이 목수의 과정이라고 보면 작가도 마찬가지예요. 목수가 새로운 건축물을 만드는 것처럼 작가도 새로운 우주, 새로운 세계를 만들어가는 것과 같아요. 작가는 새로운 이야기를 지어서 새로운 등장인물을 만들어내요. 그 안에는 우리와 같은 우주가 들어가 있어요.

자존감이 높아지는 글쓰기

자존감이 낮을 때 하면 좋은 방법으로는 입으로 말하기, 그리고 글쓰기가 있는데 그 글을 어떻게 쓰면 좋은지 구체적으로 알려드릴게요.

여기 앉아 계신 여러분들 중 그 누구도 의미 없이 태어나신 분은 단 한 명도 없다고 생각합니다. 우리는 다 사랑받기 위해 태어난 사람이에요. 그리고 또 존중받아야 하는 사람들이에요. 그런데 다른 사람들이 내게 하는 존중도 중요하지만 나 스스로 자신을 존중하는 게 무엇보다 중요할 것 같아요. 그게 바로 자존감인데요.

자존감이 높은 사람은 자신을 있는 그대로 받아들이고, 자신의 가치를 인정하며, 자기 자신을 사랑하는 마음을 갖고 있습니다. 그러나 현대사회에서는 많은 사람들이 자기 자신을 비판하고, 부족하다고 느끼며, 자존감이 낮아지는 경험을 하곤 합니다. 이런 때일수록 자기 자신을 긍정적으로 바라보는 연습이 필요합니다.

글쓰기는 이런 연습을 도와줄 수 있는 강력한 도구입니다. 글쓰기를 통해 우리는 우리 내면의 목소리를 들을 수 있고, 우리 자신과 깊이 있는 대화를 나눌 수 있습니다. 자존감을 높이는 글쓰기 방법을 소개하겠습니다.

1) 자기소개서 쓰기

그렇다면 자존감이 높아지는 글쓰기는 어떻게 하는 건지 제가 지금 알려드리겠습니다. 우선 아무에게도 보여주지 않을 노트에 자기소개서를 써보는 거예요. 형식은 자유예요. 키, 외모 등 현재 내가 가지고 있는 것에 대해 적어가는 거예요. 아마 생각보다 내가 많은 걸 가지고 있는 사람이라는 사실에 놀라게 되실 거예요. 예를 들어, 나는 키가 크고, 웃는 얼굴이 예쁘며, 친구들과 잘 지내고, 음악 듣는 것을 좋아한다는 사실을 발견할 수 있습니다.

이 과정에서 중요한 것은 자신에 대한 긍정적인 면을 많이 찾아내는 일입니다. 자기소개서를 쓰다 보면, 우리는 자신의 강점과 자랑스러운 부분을 더 많이 발견하게 되고, 이는 자연스럽게 자존감을 높여줍니다.

또한, 자신의 약점이나 단점에 대해서도 솔직하게 적어보세요. 다만, 그 단점을 극복하기 위한 노력이나 그것을 보완하기 위한 계획도 함께 적어보는 것이 좋습니다. 이렇게 하면 단점을 극복하고 더 나은 자신이 되기 위한 구체적인 방향성을 가질 수 있게 됩니다.

자기소개서를 쓰면서 우리는 자신을 객관적으로 바라보고, 스스로를 더 잘 이해하게 됩니다. 나아가 자신이 가지고 있는 다양한 면을 인정하고 받아들이게 되면서 자존감이 자연스럽게 높아지게 됩니다.

자기소개서를 다 쓴 후에는, 그 내용을 자주 읽어보는 것도 좋은 방법입니다. 자신이 적어놓은 긍정적인 면과 성취를 되새기며, 그것이 나에게 얼마나 큰 의미를 가지는지 느껴보세요. 이는 우리가 일상생활에서 자주 잊고 지내는 소중한 부분들을 상기시키며, 나 자신을 더 사랑하고 자부심을 느끼게 합니다.

2) 질문지 만들기

또, 좋아하는 이성에게 질문하듯 질문지를 만들어보는 거예요. 그리고 그 질문에 자신이 대답하는 거죠. 내가 이룬 것부터 실패한 것까지. 누가 보는 게 아니니 좀 더 솔직해져도 좋아요. 먼저, 자신에게 던질 질문들을 작성해보세요. 예를 들어, 다음과 같은 질문이 있습니다.

- 지금까지 이루어낸 가장 큰 성취는 무엇인가요?
- 실패한 경험 중에서 가장 기억에 남는 것은 무엇인가요?
- 어떤 상황에서 가장 큰 상처를 받았나요?
- 상처를 받았을 때 어떻게 극복했나요?
- 내가 가장 행복했던 순간은 언제인가요?
- 앞으로 이루고 싶은 꿈은 무엇인가요?
- 나에게 가장 큰 영감을 주는 사람은 누구인가요?
- 나의 강점과 약점은 무엇인가요?

이 질문들을 작성한 후, 각 질문에 대해 솔직하게 대답해보세요. 예를 들어, "지금까지 이루어낸 가장 큰 성취는 무엇인가요?"라는 질문에 대해 이렇게 대답할 수 있습니다.

"내가 지금까지 이루어낸 가장 큰 성취는 고등학교 2학년 때 학교 대표로 과학 경진 대회에 나가서 우승한 것입니다. 많은 준비와 노력이 필요했지만, 그 과정을 통해 배운 것들이 많았습니다. 특히, 문제를 해결하는 능력의 중요성을 깨달았습니다."

또한, "어떤 상황에서 가장 큰 상처를 받았나요?"라는 질문에는 이렇게 대답할 수 있습니다.

"고등학교 1학년 때 친했던 친구와 크게 싸우고 나서, 그 친구와 멀어지게 되면서 큰 상처를 받았습니다. 그 일로 인해 사람을 믿는 것이 어렵게 느껴졌지만, 시간이 지나면서 나의 문제를 돌아보고 용서하는 법을 배웠습니다."

이렇게 질문에 대답하다 보면, 자신이 이룬 것부터 실패한 것, 상처받은 것까지 모두 솔직하게 적어볼 수 있습니다.

이처럼 자신에게 던지는 질문에 대한 답을 통해 우리는 자신을 더 잘 이해하고, 자존감을 높일 수 있는 긍정적인 자아 인식을 갖게 됩니다. 여러분도 질문지를 만들어 자신에게 던져보세요.

3) 미래의 나에게 편지 쓰기

미래의 자신에게 편지 쓰기입니다. 5년 후 또는 10년 후의 자신에게 편지를 써보세요. 제 학생 중에는 다이어트에 성공한 후의 나에게 편지를 쓴 분도 있었죠. 이 편지에는 지금의 고민, 목표, 바람 등을 자세하게 적어보는 것입니다. 현재의 자신이 어떤 어려움을 겪고 있는지, 어떤 꿈을 꾸고 있는지, 어떤 희망을 품고 있는지를 진솔하게 표현해보세요.

미래의 자신이 그 편지를 읽을 때를 상상해보세요. 5년 후 또는 10년 후의 자신은 어떤 모습일까요? 그동안 어떤 성장을 이루었고, 어떤 변화를 겪었을까요? 미래의 자신이 현재의 자신에게 어떤 조언을 해줄 수 있을지 생각해보세요. 지금의 고민이 어떻게 해결되었는지, 목표는 어떻게 달성되었는지, 바람은 어떻게 이루어졌는지를 상상하며 글을 쓰는 것입니다. 이를 통해 미래의 자신이 현재의 자신에게 보내는 격려와 위로의 메시지를 담아보세요.

예를 들어, 이렇게 시작할 수 있습니다.

"지금 나는 매일 아침 일찍 일어나서 운동을 하려고 노력하고 있어. 건강을 유지하는 것이 중요하다는 것을 깨달았거든. 나는 지금 10㎏ 감량을 목표로 하고 있어. 5년 후의 나는 이 목표를 달성했을까? 건강하고 활기찬 삶을 살고 있기를 바라."

이렇게 편지를 쓰다 보면, 현재의 고민과 목표를 더 명확하게 인식하게 되고, 자신에게 필요한 용기와 희망을 찾을 수 있습니다. 또한, 미래의 자신과의 대화를 통해 현재의 자신을 더 깊이 이해하고, 스스로를 위로하고 격려하는 힘을 얻게 됩니다. 마지막으로, 편지를 마무리하면서 미래의 자신에게 따뜻한 응원의 한마디를 남겨보세요.

"미래의 나에게, 너는 지금보다 더 강하고 지혜로운 사람이 되었을 거야. 어떤 어려움이 있어도 포기하지 않고, 끊임없이 노력한 결과를 누리고 있기를 바라. 나는 너를 믿고 사랑해. 앞으로의 삶도 행복하고 의미 있는 여정이 되길 기도할게. 사랑을 담아, 현재의 나로부터."

이렇게 미래의 자신에게 편지를 쓰는 과정은 현재의 자신을 위로하고, 자신의 꿈과 목표를 재확인하는 소중한 시간이 될 것입니다.

글쓰기와 기도의 교집합

저는 글쓰기와 기도가 닮았다고 생각해요. 바로 자신의 내면을 솔직하게 털어놓는 점에서 말이에요. 아래 문장은 이승우 작가의 『생의 이면』에 나오는 구절인데요. 제가 한 번 읽어볼게요.

"사람들은 왜 기도를 하는가. 그것은 자기 이야기를 마음 놓고 솔직하게 털어놓기 위해서이다."

우리가 기도할 때 무엇을 원하는지 하느님에게 솔직하게 털어놓죠. 그런 의미에서 제가 기도 제목을 적는 일은 글쓰기임과 동시에 기도를 하는 일이라고 생각해요. 두 가지를 동시에 하는 거죠. 기도와 글쓰기는 둘 다 생각을 정리한다는 점이 비슷해서 생각이 많은 저에게 도움이 되었던 것 같아요.

기도는 종교적인 차원에서 하느님과의 대화로 이해되지만, 우리는 종종 기도를 통해 우리 자신과 소통하고 내면의 평화를 찾으려 합니다. 기도는 마음의 진솔한 이야기를 하느님께 온전히 드러내는 과정이기도 합니다. 마찬가지로 글쓰기도 우리의 마음을 표현하고 내면의 감정을 탐구하는 과정으로, 우리 자신과의 소통의 수단으로 기능합니다.

두 가지 모두가 우리의 삶에서 의미 있는 변화와 성장을 촉진하는 데 기여할 수 있습니다. 글쓰기와 기도를 통해 우리는 자아를 발견하고, 내면의 평화와 만족을 찾을 수 있으며, 더 나은 삶을 살아갈 수 있습니다.

영성 문학

여러분 영화 〈라이프 오브 파이〉를 아시나요? 영화는 캐나다 소설가인 얀이 중년이 된 주인공 파이를 인터뷰하면서 시작됩니다. 그리고 얀은 파이에게서 한 편의 동화 같은 이야기를 하나 듣게 돼요. 제가 갑자기 〈라이프 오브 파이〉 이야기를 하는 이유는 이 이야기를 들려주는 게 영화의 전반적인 내용이어서 이 형식도 회고록이라고 볼 수 있거든요. 게다가 〈라이프 오브 파이〉는 영성 문학이자 영성 영화이기도 하기 때문이에요.

이게 원래 소설이었어요. 소설의 줄거리를 간략히 말씀드리면, 주인공 파이는 인도 동남부에 자리한 퐁디셰리에서 어린 시절을 보내요. 사업가였던 아버지가 꽤 큰 규모의 동물원을 만들어 경영했던 덕에 소년 파이는 수많은 동물들 틈에서 이들을 관찰하면서 어린 시절을 보냈어요. 특이한 건 파이가 종교적 감수성도 굉장히 예민했다는 점인데요. 어린 소년이었지만 신에 대한 목마름과 사랑을 가지고 있었어요. 종교에 관심이 많아서 힌두교, 이슬람교. 가톨릭교도 받아들이고 종교의식에도 참여합니다. 각 종교의 신들을 모두 예배하고 사랑해요.

그런데 인도의 정치적 상황이 나빠지면서 사업에 위기감을 느낀 파이의 아버지는 동물원 문을 닫고 캐나다로 이주하기로 결정해요. 배에 동물들을 잔뜩 싣고 출항하는데 얼마 지나지 않아 배가 태풍을 만나 난파해요. 결국 가족이 다 죽고 파이만 겨우 구명보트에 올라요. 벵골호랑이와 파이만이 구명보트 안에 같이 타 있습니다. 이렇게 해서 파이가 멕시코의 해안에 닿아 구조될 때까지, 호랑이 리처드 파커와 함께한 227일간의 표류기가 펼쳐지는 내용입니다.

이 영화를 만든 리안 감독은 관객들에게 이 영화가 신이나 종교에 대해 깊이 생각할 수 있는 계기가 되었으면 좋겠다고 말해요. 대부분의 사람들은 이 영화를 단순 모험 이야기, 판타지 영화로 보았을 거예요. 이 영화를 보면서 작가나 감독처럼 이 이야기가 궁극적으로 신과 영성, 생명을 주제로 하고 있다는 것을 깊이 깨달은 사람은 그렇게 많지 않을 거예요. 이 영화를 본 사람 중 몇이나 신을 보았을까요?

리처드 파커라는 호랑이를 보고 식욕이 왕성한 그냥 호랑이가 잡아먹으려 하는 본능밖에 없는 것 같지만 실은 호랑이를 통해서 신의 은총, 인간이 쌓아올린 모든 담을 뛰어넘는 초월의 상징, 영성의 상징을 발견했다는 평도 있었어요. 이런 평을 남긴 분들은 예리한 분들이에요.

영성 문학은 이렇게 어려운 게 아니라는 걸 알려드리고 싶어서 잠시 파이 이야기를 이야기해봤습니다. 영성 문학에도 한 번 관심을 가져보시면 좋을 것 같아요. 이렇게 생각보다 색채가 강하지 않답니다.

리처드 포스터라는 사람은 영적인 삶을 살기 위한 훈련으로 묵상, 기도, 금식, 고백을 내놓았어요. 그런데 저는 하나 더 추가하고 싶어요. 바로 글쓰기에요. 모든 글쓰기가 영성적 차원을 가지고 있지만 유독 그런 장르가 자서전, 기도문, 그리고 일기라고 생각해요. 그럼 그것들은 어떻게 쓰면 되는지 한 번 알아볼게요.

자서전

자서전은 자기 삶의 이야기를 쓰는 것이어서 글감으로 아주 좋아요. 『글쓰기 생각쓰기』라는 책에서 "글 쓰는 사람이 택할 수 있는 주제 가운데 자신이 가장 잘 아는 것은 바로 자기 자신, 다시 말해 자신의 과거와 현재, 자신의 생각과 감정이다."라는 구절이 있었어요. 자기 이야기만큼 쓰기 쉽고 편한 주제는 없다는 말이죠.

하지만, 자서전을 쓸 때 주의해야 할 점도 있어요. 자신을 합리화하려고 할 수도 있어요. 예를 들면, 약점은 최소화하고 장점은 과대 포장하고. 그러면 자기가 생각한 것보다는 자기가 살아낸 것을 적으면 되겠죠. 또 다른 어려움은 누가 내 인생에 관심을 가질까? 괜히 비웃음만 사지 않을까? 하는 걱정이에요. 그러나 내 실패에서 내가 배웠듯 다른 누군가도 배울 거라고 생각해요. 여러분들이 아직은 엄청 오래 사신 것은 아니지만 짧은 인생에서도 친구 관계든 학업에서든 시행착오를 겪어보셨을 거라고 생각해요. 그래서 저는 여러분의 삶이 충분히 자서전을 쓰기에 가치 있다고 생각해요.

자서전을 쉽게 쓰는 또 하나의 방법은 회고록을 쓰는 건데요. 자서전이 인생 전체를 기록하는 반면, 회고록은 특정한 사건과 시간에 집중하는 글이에요. 어릴 적 경험이나 학창 시절, 독서 경험이나 연애, 부모나 선생, 친구와의 관계 등 자신에게 많은 영향을 끼친 사람이나 사건을 적어보는 거예요. 그 자체만으로도 기록할 가치가 있고 나중에는 자서전의 일부로 넣으면 됩니다.

기도문

저는 매일 아침 기도 제목을 노트에 적는다고 했잖아요? 기도를 글로 쓰면 좋은 점에 대해『글쓰는 그리스도인』이라는 책에서 루시 쇼는 이렇게 말했어요.

"누구나 기도할 때 겪는 문제가 있다. 마음이 혼란스럽고, 단편적인 기도에 머무르며, 하나님과 지속적인 대화를 나누지 못할 때가 있다. 그런데 기도를 글로 적어보면 놀라운 효과를 얻을 수 있다. 기도하면서 여기저기 흩어졌던 생각들이 하나로 모아져서 좀 더 집중하게 되며, 생각과 기도의 흐름을 잘 유지할 수 있다."

기도문을 쓰는 데 정해진 공식은 없기 때문에 자유롭게 쓰시면 돼요. 편지나 일기 형식도 좋고, 메모 형식도 좋아요. 우리 모두가 각기 다르기 때문에 각자의 스타일대로 쓰시면 돼요. 그럼에도 어느 정도의 형식은 필요한데 성경에 기록된 기도들과 위대한 기도를 한 사람들의 패턴을 통해 보면 찬미, 고백, 감사, 간구의 순서대로 하는 게 좋습니다.

따라서 기도문을 쓸 때는 다음과 같은 절차를 따르면 도움이 될 수 있습니다. 찬미는 기도를 시작할 때 하나님의 존재와 성품을 높이고 기리는 것으로 시작합니다. 하나님의 거룩함과 사랑을 인정하고 찬양합니다. 고백은 우리의 죄와 약함을 하나님 앞에 고백합니다. 내면의 모든 부끄러운 점과 잘못을 자세히 인정하고 죄를 털어놓습니다.

감사는 하나님께서 우리에게 베푸신 모든 은혜와 복을 감사합니다. 하루 동안 받은 모든 은혜에 대해 감사를 표현합니다.

간구는 마지막으로 우리 자신과 우리 주변의 필요를 간구합니다. 우리의 요구와 욕구, 어려움과 고통을 하나님 앞에 나열하고 간구합니다. 이때 우리 자신뿐만 아니라 타인과 세계의 평화와 번영을 위해 기도할 수도 있습니다.

기도문은 개인의 신앙생활과 상황에 따라 다양하게 변형될 수 있습니다. 따라서 자신의 마음에 맞는 방식으로 기도문을 작성하고 사용하는 것이 중요합니다. 기도는 하나님과의 소통을 위한 솔직한 대화이므로, 자유로운 마음으로 하나님께 다가가는 것이 중요합니다. 그럼 기도문 쓰는 법에 대해서 알아봤으니 다음으로 일기 쓰는 법에 대해서 알아볼게요.

일기

저는 글쓰기는 내면을 치유해주는 수단이라고 생각해요. 왜냐하면 글을 쓸 때 기도와 마찬가지로 자신의 내면의 이야기를 탈탈 털어놓기 때문인데, 우리가 기분 나쁜 일 있으면 친구에게 카톡으로 나 무슨 무슨 일 있었다고 말하기도 하잖아요. 그럼 기분이 조금 나아지는 걸 발견할 수 있을 거예요. 이 원리와 비슷해요.

다른 어떤 글쓰기보다 상처받은 내면을 치유하는 데 탁월한 게 일기에요. 로날드 클럭은 일기가 감정의 표현과 새로운 전망을 준다고 해요.

"충동적으로 행동하거나 우리들의 자녀와 배우자 혹은 직장 동료들을 신랄히 비난하기보다는 그 분노의 감정을 일기장에 쏟아넣는 방법이 좋다."

실제로 많은 작가들이 일기 쓰기를 통해 치유의 글쓰기를 경험했어요. 버지니아 울프도 그랬고요. 버지니아 울프는 20세기 영국 문학의 대표적인 페미니스트 작가에요. 『댈러웨이 부인』, 『등대로』 등 다양한 작품을 썼고, 그중에 에세이집 『자기만의 방』이 제일 유명하죠. 다음은 버지니아 울프가 쓴 일기를 모은 책인 『울프 일기』에 나오는 한 구절이에요.

"내 일기가 어떤 모양이기를 바라는가? 고색창연한 깊숙한 책상이나 넉넉한 가방 같은 것이어서, 그 안에 허섭스레기 같은 것들을 자세히 살피지 않고도 던져넣을 수 있는 그런 것이기를 바란다."

『울프 일기』를 읽으면서 저는 일기 쓰기에 대해 다시 생각해보게 되었어요. 제가 쓰는 일기를 작품으로 만들 생각은 없었지만 적어도 울프처럼 내 모든 생각을 넣을 수 있는 넉넉한 가방 같은 존재이면 좋겠다는 생각이 들었어요.

일기를 쓰기 위해 따라야 할 규칙은 없어요. 자기 맘대로 쓰면 돼요. 그런데 맥도날드라는 사람이 말한 일기를 쓰는 방법은 참고할 만한 거 같아요. 매일 일기를 쓰지만 못 쓰는 경우는 개의치 않고 넘어가는 거예요. 일기 쓰기는 노동이기는 하지만 의무는 아니기 때문이지요. 사실 일기를 지속적으로 쓰기란 여간 어려운 게 아니에요. 이럴 때는 노트를 바꾼다던지, 최후의 수단으로는 일기로부터 휴가를 얻는 방법을 쓰는 거예요.

처음 일기를 시작할 때는 무엇이든 꼼꼼히 기록하려는 욕심을 버리는 게 좋아요. 짧게 메모하는 것만으로도 충분해요. 일과를 마치고 잠자리에 들기 전 책상 앞에 앉아 다이어리를 펴고 하루를 정리하는 모습은 이상적이지만 막상 하려고 하면 메모만으로도 벅찰 수 있어요.

그래서 처음엔 간단하게 짧은 메모부터 시작하세요. 어떤 일이 일어난 시각과 누굴 만나 무엇을 했는지만 기록하면 그리 어렵지 않아요. 여기서 부터 조금씩 자신만의 스타일을 만들어가면 돼요. 짧은 메모에 살을 붙이는 거예요. 기록한다는 게 중요해요. 형식에 구애받지 마세요.

다음은 육하원칙에 따라 쓰는 건데요. 이렇게 하면 정보의 가치를 높일 수 있어요. 육하원칙을 살리면 무엇을 써야 하나, 갖춘 문장을 어떻게 만들어야 하나 하는 부담감을 크게 줄일 수 있어요.

또 다음으로는 감정과 생각을 담아인데요. 사실만 나열하면 건조할 수 있으니까 감정과 생각을 덧붙이는 게 좋아요. 그럼 풍부한 글이 되겠죠. 일기는 성찰의 기록이기 때문에 자신의 감정과 생각을 솔직하게 써야 해요.

일기를 쓰면 무엇이 달라질까요? 나를 찾는 즐거움이 생기고, 글쓰기 힘이 자라는 게 느껴질 거예요. 일기를 쓰면 잠시라도 생각하고 답하는 자신만의 시간을 갖게 돼요. 나를 돌아볼수 있게 되는 거죠.

일기는 자신의 내면을 드러내고 지킬 수 있는 가장 자유로운 글쓰기에요. 일상과 사건을 관찰하며, 내일이면 잊힐 것을 기억하고, 만났던 이의 인상과 오르내렸던 감정들을 나만의 방식으로 매일 또는 가끔 기록하는 행위죠.

일기를 쓸수록 자신의 내면에 집중할 수 있게 되고 삶을 객관적이고 전체적으로 바라볼 수 있는 힘이 생겨요. 가장 극적으로 체감할 수 있는 일기의 효과는 바로 글 쓰는 능력이 향상된다는 점이에요.

공적인 형식의 글쓰기들은 이런저런 사항들을 요구하면서 글 쓰고 싶어 하는 욕구를 억제하거나 심지어 완전히 짓밟아놓기 일쑤예요. 그러나 일기는 사적인 공간에서 매번 새로운 페이지를 넘길 때마다 진정한 의미의 가능성이 새롭게 열리게 돼요.

많은 작가들이 일기를 쓰며 그들의 문장을 가다듬었고 아이디어를 떠올렸고 작품의 일부가 될 장면을 미리 묘사해두었어요.

편지 쓰기

요즘은 손편지를 쓰시는 분들이 별로 없죠. 그래서 손편지가 더 귀하게 느껴지고 손편지를 받았을 때의 감동이 더 큰 것 같아요. 저는 꼭 편지지에 쓴 편지만이 편지가 아닌, 쪽지나 메모, 심지어 이메일과 휴대전화 문자까지도 편지에 해당한다고 생각해요. 저는 짧은 메모 하나도 큰 힘을 발휘할 수 있다고 생각해요. 그러니 우리는 알게 모르게 상대방에게 편지를 보내고 있는 셈이죠. 다음은 헨리 나우웬이라는 사람이 편지에 대해 한 말인데 제가 한 번 읽어볼게요.

"훌륭한 편지는 고통받는 사람의 하루를 뒤바꿀 수 있고 원한의 감정들을 몰아내기도 하며 마음에 미소와 기쁨이 있도록 만들 수도 있다."

제가 편지를 좋아하는 이유는 편지가 낡고, 귀찮고, 효율적이지 않아 보여도 편지는 격의 없고 권위적인 면이 거의 없어 편하기 때문이죠. 이처럼 편지는 따뜻한 관계를 맺는 데 좋은 도구인 것 같아요.

메모하기

책을 읽을 때 그냥 읽기보단 메모를 하며 읽는 게 더 좋은데요. 메모는 책을 제대로 읽게 해주고 글을 쓸 때 절실한 재료가 되기도 하기 때문이지요.

굳이 메모를 해야 하는 몇 가지 이유가 있는데 첫 번째는 우리의 기억력을 믿을 수 없기 때문이에요. 책을 읽고 이거 정말 좋은 내용이니 나중에 써먹어야지 하고 신나서 생각할 수 있어요. 그런데 그렇게 귀한 내용을 적지 않으면 까먹게 되죠. 두 번째는 메모 자체가 훌륭한 글쓰기 연습이기 때문이에요. 메모는 즉흥적으로 순간순간 떠오르는 단상과 감상을 술술 적는 거잖아요? 이 번득이는 메모들을 모으면 하나의 좋은 문장이 될 수도 있어요. 이런 말이 있어요.

"성경의 깨끗함은 양심의 깨끗함과 반비례한다."

성경을 많이 읽어서 성경이 낡았다면 그만큼 그의 양심은 반대로 깨끗할 것이고, 한 번도 제대로 읽힌 적이 없는 성경이라면, 그의 마음은 깨끗한 성경과 반대라는 말이죠. 이것은 일반 독서의 경우에도 다르지 않다는 뜻이죠.

책에 밑줄을 긋고, 여백에 메모를 하고 포스트잇을 붙여가며 이렇게 더럽게 보면 그만큼 독서가 깊어지고, 지식이 쑥쑥 자라지 않을까 싶어요.

여러분이 글쓰기를 통해 더욱 나다워지고, 자유로워지셨으면 좋겠습니다. 긴 강연 들어주셔서 감사합니다. 여러분을 위해 기도하겠습니다. 아멘!

이승우 소설가의 소설 『생의 이면』에는 이런 구절이 나옵니다.
"사람들은 왜 기도를 하는가.
그것은 자기 이야기를 마음 놓고
솔직하게 털어놓기 위해서이다."

quiet time

여러분을 위해 기도하겠습니다. 아멘!
함께하는 이 시간이 여러분의 마음을 안정시키고
새로운 도약의 기회로 이어지기를 소망합니다.

정상을 향한
마음의 준비

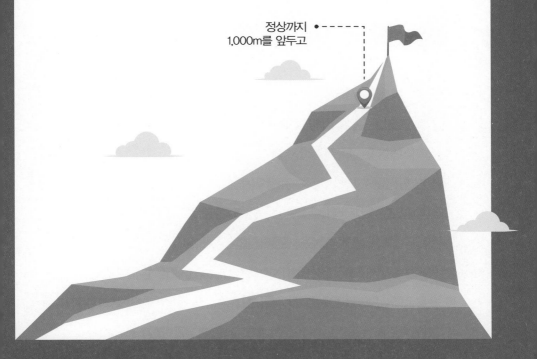

정상까지
1,000m를 앞두고

글쓰기 전에 마음 쓰기가 먼저다

우리는 글을 쓰는 사람이잖아요. 그런데 많은 분들이 간과하시는 게 있어요. '작가는 글만 좋으면 된 거 아니야?' 하는 것이죠. 그건 어쩌면 옛날 이야기고, 요즘의 작가들은 독자들과 활발하게 소통을 합니다. 독자들 앞에 섰을 때 예의 바름이 보인다면 조금 더 호감을 사 내 책을 한 권이라도 더 사주고 새로운 독자가 생길 수 있겠죠.

게다가 이런 생각을 하고 계신 분들이 많은 건 글을 써서 작가가 되는 과정이 혼자서 쓴 다음에 공모전이나 출판사에 투고해서 그런 것 같아요. 하지만! 출판사에서 연락이 오면 대면 미팅을 진행할 수도 있습니다. 제가 출판사와 대면 미팅을 하면서 느꼈던 건 작가의 인성도 엿본다는 점이었어요. 출판사 대표님이 미팅 시 저에게 계속 하신 말이 있어요. "성격이 참좋아." 이렇게 말씀하신 걸 보면 어디에도 써 있지 않지만 출판사를 뚫는 방법 중 하나가 인성이 겸비된 작가여야 한다는 점이죠. 생각해보세요. 책한 권을 만들기까지 몇 개월을 같이 작업해야 하는데 소통이 안 된다면 그일이 가능할까요?

제가 이렇게 글쓰기 수업에 인성 특강을 넣은 건 요즘 시대의 작가에게 필요한 덕목 중 하나가 훌륭한 인성이라는 점이기 때문입니다. 미천한 제가 감히 인성에 대해 논한다니 스스로 부끄럽기도 하지만 제가 깨달은 점을 여러분들에게 전해주고 싶어서예요. 대기업에서도 취직 시에 인적성 검사를 꼭 하잖아요. 이처럼 작가도 하나의 직업을 갖게 되는 것인데 인성을 보는 일은 당연한 것 같습니다.

인성과 지성

여러분은 인성과 지성 중 뭐가 더 중요하다고 생각하세요? 저는 글을 쓰는 사람이라 지성미 있는 사람을 좋아했는데요. 이제야 깨달은 게 있어요. 인성이 겸비되지 않는다면 지성과 재능을 펼칠 수 없다는 것을. 그래서 저는 인성이 조금 더 중요하다고 생각합니다. 책을 많이 읽고 글을 잘 써서 출판사에서 연락이 왔다고 쳐요. 그런데 미팅을 하고 나니 같이 작업을 하기 어렵다고 계약을 해주지 않겠다고 한다면요?

실제로 제 학생 중에서 이렇게 기회를 못 잡은 분이 있습니다. 저의 추천으로 제가 냈던 출판사에 투고를 했는데 대표님께서 제게 이 학생은 성격이 까칠해서 같이 작업을 하고 싶지 않다고 했어요. 물론 이 사실을 그 학생에게는 말해주지 않았어요. 상처를 받거나 기분 나빠 할 수 있으니까요.

저는 별로 좋은 사람이 아닌데 어떡하죠?

여러분, 저는 요즘 고민이 하나 있습니다. 저는 가르치는 사람으로서 늘 더 나은 사람이 되기 위해 노력하지만, 가끔은 자신이 별로 좋은 사람이 아니라는 생각이 들기도 합니다. 최근에 제가 가르친 학생들의 성과를 분석해보면서 흥미로운 점을 발견했는데, 여러분과 그 이야기를 나누고 싶습니다.

제가 가르쳤던 학생들을 통계적으로 보면 예의 바르고 성실한 학생, 즉 인성이 훌륭한 학생들은 다 좋은 결과를 냈어요. 그리고 이런 학생들이 오랫동안 저와 수업을 지속했어요. 물론 인성이 겸비되지 못했던 학생도 좋은 결과를 냈던 적은 있지만 기본적으로 소통이 안 되기 때문에 글쓰기 수업이 오래 지속되긴 힘들었어요. 그래서 스스로 그만두더라고요. 이런 결과들로 보아 저는 처음 만난 학생들에게 "인성이 좋은 학생들이 글도 잘 쓴다."라고 말했어요. 그랬더니 이 말을 들은 학생들은 제게 겸손을 떨며 "저는 별로 좋은 사람이 아닌데 어떡하죠?"라고 말하더라고요. 그렇게 따지면 저는 좋은 사람이게요? 저도 한없이 부족한 사람입니다. 제가 하고 싶었던 말은 '사람으로서 갖추어야 할 인격 혹은 학생으로 갖추어야 할 예의 등이 있는 사람이 되자.'였습니다.

인성이란?

　인성이란 무엇일까요? 인성은 단순히 개인의 성품이나 도덕적인 특성을 말하는 것이 아니라, 주로 타인과의 관계 속에서 그 존재를 드러냅니다. 인성은 사람들과의 상호작용, 갈등, 그리고 협력 과정에서 그 진가를 발휘하며, 그 사람의 진정한 모습을 보여줍니다. 인성이 드러나는 몇 가지 순간들을 살펴보겠습니다.

　애인 사이나 인간관계에서 관계를 끝맺을 때를 예로 들고 싶어요. 얼마나 예의 있게 마지막을 정리하느냐 하는 것은 정말 중요합니다. 어떻게 마무리하는가는 그 관계를 평가하고 기억하게 될 때도 영향을 미치게 됩니다. 이별은 언제나 어려운 일이지만 상대방의 감정을 존중하고 자신의 감정을 솔직하게 표현하되 예의를 지키며 대화하는 모습이 이에 해당되죠.

　또, 자기통제력을 유지하는 순간을 예로 들 수 있겠네요. 어떤 상황에서도 자신의 감정을 조절하고 통제할 수 있는 능력이요. 감정을 통제하지 못하는 상황에서도 차분하게 대처하는 모습은 성숙한 인성을 나타낼 수 있어요.

　예를 들어, 직장에서 큰 실수를 저질렀을 때 화를 내거나 변명을 하기보다는 침착하게 상황을 인정하고 해결책을 찾으려고 노력하는 모습이 이에 해당됩니다. 또한, 누군가가 나에게 화를 내거나 비난할 때 감정적으로 반응하지 않고 상대방의 말을 차분하게 듣고 자신의 입장을 설명하는 것 역시 자기통제력의 예입니다.

사람이 모이는 곳, 인성

제가 계속 어필하는 것 중 하나가 한 달에 약 30명의 학생들을 가르친다는 건데요. 제가 강사로서 승승장구하는 모습을 보고 주변에서는 이렇게 묻습니다. "도대체 비결이 뭐야?" 제게 이런 말을 하는 분께 저는 역으로 묻고 싶습니다. "자신에게 사람이 안 모이는 이유가 무엇이라고 생각합니까?"

저는 글쓰기 수업을 졸업한 학생들과도 연락을 자주 주고받습니다. 그만둔 학생이 저에게 다시 배우겠다고 찾아오는 일도 꽤 있었죠. 이럴 때는 정말 기분이 좋습니다. 다른 선생님을 찾아 돌고 돌았는데 결국 다시 내게 돌아왔구나 하고 말이죠. 그래도 기억에 남는 선생님 중 하나였나 봅니다.

저는 학생들을 대할 때나 일로 새로운 사람을 만날 때 항상 생각하는 구절이 있습니다. "널리 인연을 맺고 깊게 배려하라." 그만둔 학생들이 제 인스타그램 주소로 찾아와 팔로우를 걸거나 댓글을 달아주고 갈 때마다 '아, 내가 그래도 이 구절처럼, 혹은 조금은 비슷하게라도 행동했구나.'라는 생각이 듭니다.

장사가 잘되는 가게의 사장님을 보면 크게 두 가지 특징적인 성격을 볼 수 있습니다. 친절하거나 욕쟁이 할머니면서도 잘 챙겨주시거나. 이들은 손님을 진심으로 환영하고, 따뜻하게 대접해 손님들의 마음을 사로잡습니다. 손님들이 가게를 방문할 때 친절한 인사와 웃음으로 반겨주며, 손님들의 요구나 질문에 성심성의껏 대답해줍니다. 또한, 요구 사항이나 불편 사항을 신속히 처리하고, 손님들의 만족을 위해 노력합니다. 결국 영업 비밀은 사장님의 성격, 즉 인성에 있었다는 거죠.

사람을 모으는 직업은 특히나 인성이 중요합니다. 어떤 학생이 해준 말이 기억납니다. "솔직히 강사들 실력 다 거기서 거기예요. 인성이 좋은 분께 계속 배우는 것 같아요." 저 역시 무언가를 배워봤을 때를 생각하면 이 학생의 말이 맞는 것 같아요. 학생들을 진심으로 대하고 조금 더 생각해주고 그런 분께 마음이 더 갔고 오래 배웠던 것 같아요.

겸손

저는 집에서 존재감 없는 둘째 딸입니다. 어느 날 제가 강사가 되기 전 엄마가 친구랑 전화하는 내용을 들었습니다.

"너희 둘째 딸은 뭐하니?"

"어… 그냥… 뭐 있어….."

강사가 되기 전의 저는 글을 쓴답시고 온 동네에 말하고 다녔는데 현실은 그냥 백수나 다름없었습니다. 엄마가 친구의 물음에 대답을 못 하는 모습을 보고 저는 제가 너무 부끄러웠습니다. 그래서 '엄마가 당당하게 제 자랑을 할 수 있게 열심히 살아보자.'라는 생각을 했습니다. 몇 년이 흐른 후 저는 강사로 어느새 입지를 다지게 되었습니다. 그리고 또 엄마가 친구랑 대화하는 걸 우연히 엿듣게 되었습니다.

"너희 둘째 딸은 뭐하니?"

"어… 그냥… 뭐… 애들 가르쳐."

엄마가 저를 자랑스럽게 여기면 좋겠어서 열심히 산 건데 여전히 저는 집에서 존재감 없는 둘째 딸이었습니다.

겸손이란 자신을 낮추고, 자신의 위치를 잘 알고, 과도한 자랑이나 자만을 피하는 것을 의미합니다. 제가 강사가 되어 많은 성과를 이루었다고 해서, 제 본질이 크게 달라지지 않았다는 것을 깨달았습니다. 제 자신의 가치와 노력이 중요하지만, 그에 대한 평가나 인정이 항상 다른 사람들에게서 오지 않을 수 있다는 것도 인정하게 되었습니다.

이 경험을 통해 저는 진정한 겸손을 배우게 되었습니다. 겸손은 단순히 낮은 자세를 취하는 것이 아니라 자신을 정확히 알고, 자신을 과대평가하지 않으며, 타인의 시선을 너무 의식하지 않는 것입니다.

진짜 작가 vs 유명한 작가 vs 좋은 작가

여기 세 가지 유형의 작가가 있습니다. 진짜 작가, 유명한 작가, 그리고 좋은 작가. 이 세 작가는 각기 다른 특성과 목표를 가지고 있지만, 그중 어떤 작가가 되고 싶은지는 개인의 가치관과 목표에 따라 달라질 수 있습니다. 저는 이 세 가지 작가 유형에 대해 좀 더 깊이 탐구하고, 제가 가장 되고 싶은 작가 유형에 대해 이야기해보려고 합니다.

1) 진짜 작가

진짜 작가는 예술혼을 불태우며 자신의 작품에 진심을 담는 작가입니다. 이들은 창의적이고 혁신적인 아이디어를 끊임없이 쏟아내며 자신의 예술적 표현에 충실합니다. 상업적인 성공보다는 자신의 예술적 비전을 실현하는 데 집중하는 경우가 많습니다. 이러한 작가는 종종 자신의 작품을 통해 세상과 소통하고, 예술의 순수성을 지키기 위해 노력합니다.

2) 유명한 작가

유명한 작가는 인성과 상관없이 베스트셀러를 내며 인지도가 높은 작가입니다. 이들의 작품은 상업적인 성격을 띠며, 대중의 취향에 맞추어져 있습니다. 유명한 작가의 작품이 반드시 예술적 가치나 깊은 의미를 지니는 것은 아닐 수 있습니다. 그러나 이들은 대중적인 인기를 얻으며, 많은 사람들에게 영향을 미칩니다. 그들의 이름만으로도 책이 잘 팔리고, 대중의 관심을 끌 수 있습니다.

3) 좋은 작가

좋은 작가는 자신만의 철학이나 비전을 바탕으로 깊이 있는 글을 쓰는 작가입니다. 이들의 작품은 독자들에게 긴 여운을 남기며, 의미 있고 감동적인 메시지를 전달합니다. 좋은 작가는 독자들과 깊이 있는 소통을 추구하며, 그들의 작품은 오랜 시간 동안 기억에 남습니다. 이들은 작품을 통해 세상에 긍정적인 영향을 미치고, 독자들의 삶에 깊은 영향을 줄 수 있습니다.

내가 되고 싶은 작가

이 셋 중에 여러분은 어떤 작가가 되고 싶나요? 제가 가장 자신 있고, 되고 싶은 작가는 바로 '좋은 작가'입니다. 저는 평소에 개성이 강한 편이기도 하고, 깊이 있다는 말을 많이 듣기 때문에 철학적인 생각을 많이 하는 편입니다. 제가 좋아하는 책들도 철학적 사유가 듬뿍 담긴 책들입니다. 이러한 배경 때문에, 저 역시 독자들에게 긴 여운을 남기고, 의미 있는 메시지를 전달하는 좋은 작가가 되고 싶습니다.

가끔 저는 '내가 너무 유명해지면 어쩌지?' 하는 엉뚱한 상상도 합니다. 그러면 집 앞에 붕어빵을 사 먹으러 가거나 동네에서 운동을 하러 갈 때도 불편할 텐데 하고 김칫국을 마시기도 하죠. 그러나 별로 안 유명해지면 어떨까요? 저는 제가 글을 쓰는 행위 자체에 만족하고 있고, 좋은 작품을 쓰고 싶다는 생각을 주로 합니다. 상업적인 성공이나 대중적인 인기를 얻는 것도 좋겠지만, 그것이 저의 최우선 목표는 아닙니다.

글쓰기 수업은 국영수 과목과는 다르게 소통이자 대화다.

저는 저와 맞지 않은 학생과는 1시간도 수업을 진행하기 힘듭니다. 물론 '돈을 벌기 위해서라면 참고할 수 있는 거 아니야?'라고 생각하실 수도 있어요. 하지만 글쓰기 수업은 서로 소통이 되어야 하기 때문에 소통이 안 되는 학생은 과감하게 수업을 중단합니다. 저의 수업은 1시간 동안 이론과 피드백으로 진행되는데 이때 일방적으로 제가 혼자 떠들기보단 학생의 의견을 듣습니다. 사는 이야기, 앞으로 쓸 글에 대한 이야기, 지금 쓰는 글에 대한 이야기 등등 우리는 끊임없이 대화를 합니다.

그렇다면 제가 가장 가르치기 힘든 학생은 어떤 분일까요? 바로 피드백을 듣지 않는 학생입니다. 이런 학생들은 대부분 오랫동안 혼자 글을 써와서 누군가에게 피드백을 들어본 적이 없어서 자기 세계에 갇혀 있는 경우가 많아요. 한마디로 저와 소통이 안 되는 학생인 거죠.

예의라는 섹시함을 가졌던 인상 깊은 학생 top3
- "선생님, 이○○입니다." (중1 학생)
- 김연준 선생님께. 양○ㅈ 드림. (대학원생)
- "잘 먹었습니다." (회사원)

저는 예의 바른 사람을 좋아합니다. 섹시하다고 느껴지기 때문이지요. 기억에 남는 3명의 학생이 있습니다. 이제 막 중학교에 들어간 여학생이 가장 먼저 떠오르는데요. 이 학생은 반에서 자기만 핸드폰이 없었어요. 그래서 수업 시간을 잡아야 할 때 아빠 핸드폰으로 연락을 했는데 그때마다 "선생님, 이○○입니다. 혹시 다음 수업 시간 언제가 좋으세요?"라고 보내왔죠. 불과 몇 개월 전까지만 해도 초등학생이었을 학생을 생각하면 정말 예의가 바르다는 생각이 들었습니다. 이 학생은 저와 무려 1년 동안이나 수업을 지속했습니다.

다음으로 기억나는 학생은 대학원생이면서 글쓰기 수업을 신청한 학생이었습니다. 대학원에 다니면서 교수님께 이메일을 자주 보내서 그런지 저에게 이메일을 보낼 때도 교수님께 보내는 것처럼 깍듯했습니다. 이메일 말미에 항상 '김연준 선생님께. 양ㅇㅈ 드림.'이라고 예의를 갖춰서 보냈는데 그때 저는 이메일 하나로도 심쿵할 수 있구나 하는 것을 알게 되었습니다. 이 학생은 저와 2년 가까이 수업을 했습니다. 지금도 이 학생보다 더 길게 배운 학생이 아직 안 나올 만큼 기록을 세운 학생입니다.

마지막으로 30대 후반의 회사원 남학생인데요. 처음 봤을 때부터 스마트한 이미지였는데 마지막까지 그 모습을 잃지 않으셨습니다. 제게 밥을 사주실 때도 비싸고 고급스러운 음식으로 저를 대접해주셨고 자기가 계산을 해놓고 항상 "잘 먹었습니다."라고 말하는 게 인상 깊었습니다. 이처럼 예의는 관계를 지속할 수 있는 힘이기도 합니다.

훌륭한 인성에서 훌륭한 생각이 나온다

건강한 육체에 건강한 정신이 깃든다는 말처럼 저는 훌륭한 인성에서 훌륭한 생각이 나온다고 생각합니다. 지금까지 저와 글쓰기 수업을 오랫동안 지속하고 좋은 결과를 냈던 학생들은 모두 수업 태도도 좋고 인성이 훌륭했던 학생들이었습니다.

훌륭한 인성을 가진 사람들은 주변 사람들과의 대화나 상호작용에서 존중과 배려를 보이며 타인의 의견을 경청하고 이해하려고 노력합니다. 따라서, 훌륭한 인성은 훌륭한 생각과 함께 성취와 성공을 이루는 데 중요한 역할을 합니다. 인간관계에서도 긍정적인 영향을 미치며, 개인적인 성장과 발전에도 도움을 줄 수 있습니다.

여러분, 오늘 강연에 함께해주셔서 진심으로 감사드립니다. 우리는 글을 쓰는 사람들입니다. 그러나 좋은 글을 쓰기 위해서는 먼저 마음을 써야 합니다. 작가의 인성은 단지 글의 품질을 높이는 것이 아닙니다. 훌륭한 인성을 갖춘 작가가 되기 위해 노력하는 것은 글쓰기의 한 부분이기도 합니다. 이 점을 마음에 새기며, 앞으로도 계속 성장해나가시길 바랍니다.

잠깐! 김연준 작가가 글을 쓰기 전에 하고 싶은 말이 있대요.

작가는 글만 잘 쓰면 되는 게 아니에요.

좋은 인성은 독자와 출판사와의 소통을 원활하게 하며

성공적인 작가로 가는 길입니다.

대기업에서도 인적성 검사를 보듯,

작가에게도 인성은 필수입니다.

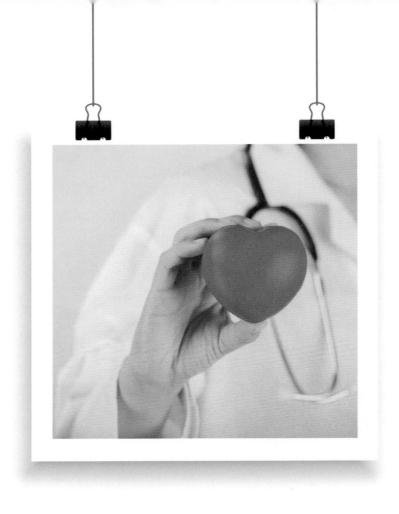

사람이 모이는 곳에서 인성은 항상 중요한 역할을 합니다.
서로를 이해하고 배려하는 마음으로 인성을 키우는 것이 필요합니다.
인성이 풍요로운 장소에서는 긍정적인 에너지가 넘치며,
사람들은 서로에게 영감을 주고받습니다.

글쓰기 수업은 국영수 과목과는 다르게 소통이자 대화입니다.

글쓰기 수업은 자신의 생각과 감정을 표현하고,

다른 사람의 이야기를 이해하는 과정이기 때문입니다.

글을 통해 자신의 내면을 들여다보고, 다른 사람의 관점과

경험을 존중하며, 서로의 생각을 나눌 수 있습니다.

단순한 학습을 넘어, 사람과 사람을 연결하는 중요한 역할을 합니다.

김연준 작가는 건강한 육체에 건강한 정신이 깃들듯이,
훌륭한 인성에서 훌륭한 생각이 나온다고 말합니다.

글쓰기로
삶의 정상을 향해
올라가다

정상에서
성취의 기쁨을 맛보다

글쓰기로 삶의 리더 되기

일상, 기업, 조직 등에서 글쓰기가 필요한 경우가 많습니다. 제게 글쓰기를 배우러 오시는 분들도 다 이곳에 속하신 분들이죠. 이분들이 하시는 말이 있습니다. 바로 "글을 잘 쓰면 대우가 다르다."입니다. 보고서를 남들보다 더 잘 써서 승진하신 분도 있고, 블로그에 올린 글을 잘 써서 인플루언서가 되신 분도 있습니다. 저 역시 글쓰기라는 한 분야에 매진해온 결과 글쓰기 선생님이 될 수 있었습니다.

글 쓰는 삶은 이렇게 각자의 위치에서 리더가 될 수도 있지만, 자신의 삶을 주도적으로 이끄는 삶의 리더가 될 수도 있습니다. 글을 쓰는 사람과 쓰지 않는 사람은 어떤 차이가 있을까요? 바로 내 생각의 지표가 없다는 점입니다.

글쓰기는 자신의 생각과 감정을 글로 표현하고 전달하는 과정입니다. 이를 통해 글쓰기를 하는 사람들은 자신의 생각을 분명하게 정립하고, 목표나 방향성을 설정할 수 있습니다. 반면에 글쓰기를 하지 않는 사람들은 자신의 생각이나 감정을 표현하거나 정리하는 데 어려움을 겪을 수 있습니다.

글쓰기를 통해 자신의 목표와 계획을 명확하게 설정하고 구체화할 수 있습니다. 글로 쓰인 목표나 계획은 더욱 구체적이고 현실적인 것으로 여겨지며, 그에 따라 목표를 달성하기 위한 행동을 취할 수 있습니다.

따라서, 글쓰기를 통해 내 생각을 정리하고 명확하게 표현함으로써 자신의 삶을 주도적으로 이끄는 리더가 될 수 있습니다. 글쓰기는 생각의 좌표입니다. 생각을 글로 표현하면 흐트러진 생각들이 체계적으로 정리되고, 구체적인 계획과 목표가 생깁니다. 따라서, 끌려다니는 삶을 피하고 주도적인 삶을 살기 위해서는 글을 쓰는 습관을 가져야 합니다. 글쓰기는 우리의 생각을 명확하게 하고, 나아갈 방향을 제시해주는 나침반과 같습니다.

리더의 자신감

과연 제가 선생님을 할 자격이 있는지 모르겠습니다. 글쓰기 선생님이란 글을 잘 쓰게 이끌어주는 존재잖아요. 한마디로 리더죠. 글쓰기 선생님과 리더는 둘 다 사람들을 이끄는 역할을 맡고 있죠. 그들의 행동과 가르침으로 사람들을 영향력 있게 이끌어나갑니다.

제가 글쓰기 강사가 된 계기는 정말 할 줄 아는 게 글쓰기밖에 없어서예요. 저는 건조기 돌리는 법도 몰라서 빨래도 안 하고, 21살 때부터 책만 읽고 TV를 끊어서 TV 켜는 법도 몰라요. 그래서 누가 안 켜주면 못 봐요. 먹는 거도 별로 안 좋아해서 음식을 안 하고, 부끄럽지만 공주처럼 자라서 지금도 운전을 안 해요. 한마디로 집에서 쓰레기 같은 존재였죠. 처음에 선생님을 할 때도 스스로 걱정이 많았어요. 자기밖에 모르는 자기애 넘치는 사람이라 베푸는 선생님의 역할을 잘할 수 있을까.

이런 부족함이 있던 중에도 글쓰기에 대한 열정과 나이에 비해 책을 많이 읽어서 전문 지식을 가지고 있었기 때문에 글쓰기 강사가 되었습니다. 나 자신이 글을 통해 사람들과 소통하고 영감을 주는 것에 대한 확신과 열정이 있었던 거죠.

충분히 자격이 있으니 선생님이 되었다고 생각하는 게 좋은 것 같아요. 그리고 지금까지 몇 년 동안 지속하고 있으니 말이에요. 자기가 스스로에 대해서 어떻게 생각하든 간에 그동안의 업적을 고려해서 저의 잠재력이 발휘된 거라고 생각해요. 그리고 잘하고 있단 말까지 듣고 있어요. 역시 사람은 상황적 동물인가 봐요.

결과를 만들어내는 글쓰기 선생님의 리더십

리더는 본인의 성과 관리는 물론 학생들의 성과 관리에 대한 지휘 및 관리 책임을 가지고 있는 사람입니다. 본인의 목표 설정과 달성뿐만 아니라 학생들에게 목표를 부여하고 더욱 높은 성과를 달성하도록 해야 합니다.

저는 글쓰기 수업을 진행하며, 학생들에게 명확한 목표를 설정하도록 독려하는 것을 중요하게 여깁니다. 목표가 있을 때 그들은 더 집중하고 열정적으로 임하게 됩니다.

첫 수업 시간에 저는 항상 학생들에게 이렇게 묻습니다. "여러분의 글쓰기 목표는 무엇인가요? 공모전에 출품하고 싶나요? 책을 출판하는 것이 꿈인가요? 아니면 단순히 취미로 글을 쓰는 것이 좋은가요?" 이러한 질문을 통해 학생들은 자신의 글쓰기 방향을 명확히 정할 수 있습니다.

예를 들어, 한 학생이 자신의 글을 공모전에 출품하고 싶다고 말했습니다. 저는 그 학생과 공모전의 일정과 요구 사항을 검토하고, 그에 맞춘 글쓰기 계획을 세워줍니다. 또한, 공모전에서 자주 요구되는 글의 스타일과 주제를 파악하도록 돕습니다. 매 수업 그 학생의 진행 상황을 체크하고, 피드백을 제공하며, 마감일에 맞춰 완성할 수 있도록 격려합니다.

또 다른 학생은 책 출판이 목표라고 말했습니다. 저는 그 학생에게 출판 과정과 필요한 준비 사항을 설명해주고, 주제 선정부터 원고 작성, 출판사와의 협의까지 전 과정을 지도합니다. 그 학생이 꾸준히 글을 쓰고, 수정하고, 다시 쓰는 과정을 통해 점점 더 나아지는 모습을 볼 때마다 큰 보람을 느낍니다.

한편, 글쓰기를 취미로 즐기는 학생들에게는 그들의 흥미를 유지하고 창의력을 발휘할 수 있도록 다양한 글쓰기 주제와 연습을 제안합니다. 이 학생들이 글쓰기를 통해 스트레스를 해소하고, 자신의 감정을 표현하며, 새로운 아이디어를 발견할 수 있도록 돕습니다.

이렇듯, 학생들에게 목표를 부여하고 그 목표를 향해 나아가도록 지도하는 것은 리더로서 중요한 역할입니다. 각자의 목표를 설정하고, 그 목표를 달성할 수 있도록 돕는 과정을 통해 저는 학생들과 함께 성장하고, 그들의 성과를 함께 축하하는 기쁨을 누립니다. 이 과정에서 저는 진정한 리더십을 발휘할 수 있음을 느낍니다.

성과 관리상, 개인적인 문제로 글쓰기에 소홀한 학생들이 있습니다. 글쓰기 수업을 함께 진행하다 보면 개인적인 일 때문에 수업을 늦추거나 숙제를 못해오는 학생이 종종 있는데요. 예를 들면 저와 수업하는 도중 심각한 가정사를 겪었던 학생들도 있었어요. 그 경우 제가 그 사연까지 알게 됩니다. 그래서 결국 인생 상담을 해주는 선생님이 되고, 그 힘든 시기에 함께 있어주는 선생님이 됩니다.

보통 학생의 건강 문제는 일시적이고 금방 해결되는 경우가 많습니다. 그 경우에는 조금 기다려주고 글쓰기를 보채지 않습니다. 그러면 부담스러워하기 마련이기 때문입니다.

하지만, 학생의 개인적인 문제로 역량이 발휘되지 않을 때는 학생에게 조심스럽게 물어봅니다. 스스로 의지를 다잡을 수 있도록 동기부여를 해주는 게 중요합니다. 회사 일 때문에 바빠서 수업을 계속 듣는 걸 고민하는 학생에게는 다른 회사원 학생의 이야기를 해줍니다. 지금까지 학생들을 보면 회사를 다닐 때 틈틈이 썼던 글이 더 좋은 글이 많이 나왔고 오히려 완성도 더 많이 시켰다고 말해줍니다.

리더나 구성원 모두 개인적 삶이 있습니다. 구성원의 개인적인 문제를 리더가 직접 해결해주거나 관여하는 것은 불가능합니다. 하지만 이해와 공감을 해줄 수는 있습니다.

글쓰기 역량이 떨어지는 학생들도 분명 있습니다. 그분들은 자연스레 성과도 떨어지게 됩니다. 성과가 떨어지는 학생은 크게 두 가지 원인이 있습니다. 첫째는 동기 부족, 두 번째는 태도나 인성의 문제입니다. 저는 항상 수업 때 글쓰기 동기 부여를 해주려고 노력합니다.

처음에는 취미로 배우겠다고 저를 찾아오시는 분들도 나중에는 목표나 성취감이 없어서 글쓰기를 지속하는 것에 대해 고민을 합니다. 그때마다 공모전에 투고하는 목표를 세워주거나 아니면 "취미로 쓰겠다는 이 순수한 마음을 계속 유지하라."고 말합니다. 글을 쓰면서 글로 부귀영화를 누리겠다는 욕망이 안 섞여 있는 순수한 마음을 유지하기란 어려운 일이고 귀한 것이기 때문입니다. 그런 학생들에게 좋은 결과가 있다고 말해주죠. 실제로 그랬습니다. 일단 쓰고 봤는데 쓴 글을 낼 만한 공모전이 나중에 올라오거나 연재의 기회를 잡은 학생들이 많았습니다. 현재 즐겁게 쓰고 있는 것에 만족하면서 이 감정을 유지 시키라고 말하죠.

태도나 인성에 문제가 있는 학생의 경우는 개별적인 접근이 필요합니다. 먼저 그들의 태도나 인성 문제의 원인을 파악하는 것이 중요합니다. 학생들의 배경, 가정환경, 학교생활 등을 고려하여 그들의 문제를 이해하는 게 중요합니다.

사람은 누구나 타인에게 지적을 받으면 사기가 떨어지고 기분이 나쁠 수 있습니다. 기분 나쁘지 않게 코칭 하는 저만의 방법은 최대한 상대의 입장을 공감하고 그들의 감정을 관리하려 노력합니다. 저는 주로 채찍보다 당근을 주는 선생님입니다. 한마디로 칭찬을 더 많이 해준다는 뜻이죠. 하지만 바른길로 가게 하는 게 리더라고 생각합니다. 그래서 따끔한 충고도 해줍니다. 그럴 때 제가 하는 방법은 "이러이러한 사례의 학생이 있었다." 식으로 돌려서 말하는 겁니다.

글쓰기 수업에서의 피드백은 조심스럽게 진행되어야 합니다. 내 글을 피드백 받는다는 것은 자존심이 걸린 문제이기도 합니다. 글이란 나의 자아 표출이나 다름없는데 학생에게 거칠게 피드백을 해줬다간 학생의 신경까지 건드릴 수 있습니다. 상처 입은 자아가 되거나 기분이 나빠서 글쓰기를 그만뒀던 학생도 아마 꽤 있을 겁니다.

저는 피드백을 줄 때 최대한 권유하듯 말합니다. "이런 건 어떨까요?" 하고 제안을 하는 거죠. "물론 지금의 글도 좋은데 이렇게 바꾸는 게 더 좋을 것 같습니다." 하고 제 의견을 제시해보는 거죠.

가끔은 리더의 자리가 외롭고 힘들기도 합니다. 위로 올라갈수록 치열한 경쟁의 연속입니다. 심지어 승승장구하는 제 모습을 보고 선생님인 저를 질투해서 나간 여학생들도 많을 정도죠. 처음에는 그런 학생들 때문에 상처를 많이 받았습니다. 선생님을 질투하다뇨. 당연히 학생보다 글을 잘 써서 선생님인 것을.

그런데 이제는 멘털이 강해졌습니다. 학생들에게 애정을 갖되 떠나는 학생에게는 미련을 두지 않기로 마음먹었기 때문입니다. 학생들과 저의 관계는 '시절 인연'이라고 생각합니다. 제가 31살 때 만난 학생, 32살에 만난 학생, 그리고 올해 만난 학생들 모두 다 그 시기의 저와 함께해주었습니다.

지나간 인연은 다 그렇듯 있을 때 잘해야 합니다. 끝이 섭섭하게 마무리되어도 함께했던 시간에 서로에게 최선을 다했다면 학생들이 저를 떠나가도 미련이 없을 것입니다. 글쓰기 수업은 언젠가는 졸업하기 마련이지요.

글쓰기 선생님은 사람 전문가다

리더로서의 글쓰기 선생님은 다양한 사람들과의 만남에서 커뮤니케이션 능력이 필요합니다. 지금까지 제가 만났던 학생들만 해도 정말 다양한 직업군의 분들이었습니다. 교도관, 의사, 교수님, 대표님 등등.

교도관 학생의 경우, 엄격한 규율과 긴장감 속에서 어떻게 소통하는지를 배우게 됩니다. 이는 저에게 비슷한 상황에서의 스트레스 관리와 의사소통 방법을 가르쳐주었습니다.

의사 학생들과의 만남은 생명과 직결된 결정을 내릴 때의 신중함과 세심함을 배우게 했습니다. 이는 복잡하고 중요한 정보를 전달할 때 어떻게 명확하고 정확하게 소통할 수 있는지를 깨닫게 해줍니다.

교수님과의 만남은 학문적 깊이와 논리적 사고의 중요성을, 대표님과의 만남은 리더십과 전략적 사고의 중요성을 강조하게 합니다. 이렇듯 다양한 직업군의 학생들과의 상호작용은 제게 다면적 사고와 접근 방식을 익히게 하였으며, 곧 제 지도 방법에도 긍정적인 영향을 미쳤습니다.

글쓰기 선생님으로서 이렇게 많은 사람을 만난 건 저에게 큰 자산입니다. 그들의 다양한 이야기와 경험을 통해 저 역시 끊임없이 배우고 성장할 수 있었습니다. 저는 단순히 글쓰기 교육을 넘어, 사람과 사람 사이의 깊은 이해와 소통의 중요성에 대해서 말하고 싶습니다.

한 명 한 명 새로운 학생들을 만날 때마다 상담을 해주고 첫 수업을 하고 계속해서 다음 수업을 이어나갈 때까지의 과정이 쉬운 일은 아닙니다. 학생들의 고민과 니즈를 하나하나 다 들어주고 맞추어주며 수업을 진행해 나가야 합니다. 그래서 저는 제가 모은 학생들이 저의 자산이나 다름없습니다. 모두 제가 신뢰를 쌓아 모은 학생들입니다.

생텍쥐페리의 『어린 왕자』에는 이 세상에서 가장 어려운 일은 사람이 사람의 마음을 얻는 일이라는 구절이 나옵니다. 그 바람 같은 마음이 저라는 사람에게 머물게 한다는 건 당연히 정말 어려운 일일 테지요.

마지막으로, 제가 여러분에게 전하고 싶은 한마디가 있습니다. 글쓰기는 우리의 생각과 감정을 표현하는 도구일 뿐만 아니라, 우리의 삶을 변화시키고 세상을 바꾸는 힘이 될 수 있습니다. 우리가 글을 씀으로써 주변 사람들에게 영감을 주고, 동료들과 소통하며, 세상에 긍정적인 영향을 끼치는 리더가 될 수 있다는 것을 기억해주세요.

글 쓰는 삶은 각자의 위치에서 리더가 될 수도 있지만,
자신의 삶을 주도적으로 이끄는 삶의 리더가 될 수도 있습니다.

글쓰기
프로 작가에게
묻는다!

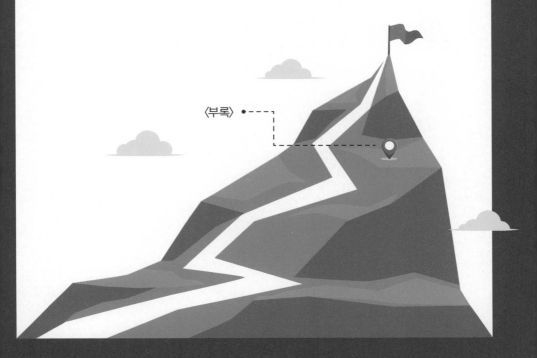

〈부록〉

1. 글이 안 써지는 슬럼프가 왔을 때 극복 방안이 있으신가요?

사실 지금까지 슬럼프가 왔던 적이 별로 없었어요. 왜냐하면 저는 20대 때 글쓸 때 남들 다 연애할 때 골방에서 사람도 못 만나고 글을 썼기 때문에 '내가 지금 쓰는 이 글이 실패하거나 망하면 20대의 청춘을 날려버리는 것이다.'라는 아쉬운 마음이 들었기 때문에 어떻게든 성공시키려고 노력했어요. 정~말 슬럼프가 없었지만 그래도 굳이 따지자면 어쩌다 하루 안 써질 때를 떠올릴 수 있겠는데, 그때는 잠시 글을 외면하고 맛있는 음식을 먹습니다. 기분이 좋아져서 글이 잘 나와요.

2. 글감 소재는 어디서 찾으시나요?

『잘 쓰겠습니다』 책의 홍보 문구이기도 하죠. 무엇보다 중요한 글쓰기 소재는 자기 자신이다! 저는 항상 내 안에서 찾으려고 노력해요. 모든 것은 나의 관심사, 내가 좋아하는 것, 내가 잘 아는 것, 내 경험에서부터 시작했던 것 같아요.

나 자신에게서 글감을 찾는 것은 글쓰기를 더욱 진솔하게 만듭니다. 자신의 경험을 바탕으로 한 글은 진정성과 감동을 전해줄 수 있습니다. 사람들은 개인적인 이야기와 경험에 쉽게 공감합니다. 예를 들어 제가 여행 중 겪었던 에피소드나, 인생에서 중요한 순간들을 글로 표현하면 그 속에 담긴 감정과 생각들이 독자들에게 고스란히 전달됩니다.

3. 추후에 출간할 책의 주제가 어떻게 되나요?

저는 예상 밖의 행보로 독자들을 놀라게 하고 싶고, 그래서 계속 저 사람의 행보가 궁금해서 저를 따라오게 하고 싶어요. 배우들이 연기 변신하듯이.

그래서 저의 다음 책은 『초등 글쓰기 교재』가 될 것 같습니다. 제가 초등학생들이랑 되게 잘 맞아요. 지금도 베스트 학생들이 다 초등학생이에요. 다른 강사님들은 맨날 초등학생한테 잘려서 도대체 저한테 어떻게 수업하는 거냐고, 인기의 비결이 뭐냐고 물으실 정도인데…. '도대체 잘되는 비결이 뭐야?'라는 질문을 수도 없이 받았는데 그때마다 저는 저도 모른다고 했어요. 그것처럼 이번에도 초등학생들한테 인기 있는 이유를 모르겠어요. 저는 정말 아무것도 한 게 없는데 수업 끝나고 오면 부모님들한테 연락이 와요. "은우가 지금까지 선생님들 중에 역대급으로 재밌었다고 합니다.", "막내가 선생님이 너무 좋대요.", "세진이가 유치원 때부터 선생님 복이 있었어요. 이번에도 선생님을 잘 만났어요." 등등 너무 기분 좋은 말들이죠. 그런데 전 정말 뭘 한 게 없어요. 그래서 제가 보기엔 초등학생들과 정신세계가 맞는 거 같아요. 인정…!

4. 작가님의 열정의 원천이 궁금합니다

아 저는 굉장히 파이팅 넘치는 사람이죠. 삶에 의욕이 많고… 이번에도 작가와의 만남 행사를 다 제가 추친한 건데. 어떤 분들은 2명이나 놀랐어요. 보통 출판사가 연락하는데 이렇게 작가님이 직접 연락하는 경우는 처음 본다고. 어떻게 보면 품위가 떨어지는, 저급한 작가처럼 보일 수도 있어요. 그런데 그 2명 중 한 분은 그래서 저랑 하고 싶다고 하셨어요. 이렇게 적극적인 분이니까.

이런 저의 열정의 원천은 바로 저희 가족입니다. 드라마 내레이션 대사나 소설 지문 속에 아직 이런 문구가 없다면 저는 이런 글을 한번 써보고 싶어요.

"그녀는 남자와 데이트 할 때조차 가족 생각이 나서 집에 빨리 가고 싶어 했다."

진짜 제가 그래요. 남자 만나면 조급해져요. '가족은 언제 만나지.' 하고 항상 가족 생각을 하고 부모님께 자랑스러운 딸이 되고 싶어요. 20대 때 글 쓸 때 제 인생의 목표는 아이러니하게도 효도였어요. 빨리 부모님께 효도하고 싶다는 생각으로 글을 썼어요.

제가 집에서 언니도 있고 남동생도 있고 둘째인데 첫째 같은 면이 있어요. 맨날 클럽만 다녀서 생각이 없어 보일 수도 있지만 학창 시절부터 조금 성숙해서 항상 연상만 만났고 연상만 좋아했어요.

5. 작가에서 강사로 다음 목표는 무엇인가요?

다음 목표는 사실 잘 모르겠어요. 강사도 꿈이 아니었는데 어쩌다 돼서 이렇게 잘나가게 되었는데 작가는 그렇게 되고 싶었는데 힘들게 됐어요. 그래서 꿈을 좇고 꿈에 집착하면 오히려 멀어지는 것 같은 생각에 집착하지 않으려 해요. 그래서 꿈이 없어요.

그래도 뭔가 목표가 있다면 목표가 메가스터디 게임 아카데미에 웹소설 강사로 들어가는 것이었어요. 제가 지금 주말에 서울게임아카데미에서 강의를 하거든요. 글쓰기를 학원에서 가르쳐본다는 점에서 특별한 경험입니다.

6. 작가님은 작품을 집필할 때 어떤 과정을 거치시나요?

저는 자료 조사를 엄청나게 합니다. 서치 능력이 좀 있는 것 같아요. 자료를 잘 찾아요. 저는 키워드를 이리저리 바꿔가면서 검색을 해봅니다. 연관 검색어도 스스로 생각해보고요. 어디서 단편소설 1개를 완성하려면 책을 100권 읽어야 한다는 말을 들었어요. 그래서 단편소설 1개 쓸 때 쓰면서 동시에 계속 도서관에서 책 빌려가면서 그 정도 읽어요. 진짜 그러면 그 책들이 내 문장으로 바뀌어서 글에 섞여 나옵니다.

7. 글쓰기는 자신과의 싸움이라고 하는데, 선생님은 무엇을 포기하고 무엇을 얻으셨나요?

제가 글을 쓰기 위해 포기한 것은 편안함입니다. 편안한 환경에서 작업하면 긴장이 사라집니다. 실제 은희경 작가는 타이트한 옷을 입고 글을 쓴다고 합니다. 제가 편안함을 없애기 위해 했던 노력 중 가장 기억에 남는 건 체중을 줄였던 거였습니다. 하루키의 글을 읽으면 여행지에 있는 호텔에 가서도 체중을 재고, 달리기를 하고, 수영을 하는 모습이 나옵니다. 모두 체중 조절을 위한 행동들이죠. 저 역시 하루키처럼 체중 조절에 열심이였는데 그 이유는 군살이 붙으면 초고를 빨리 쓰기 어렵기 때문입니다. 몸이 무거워지면 늘어지고 날렵한 이미지가 사라지는 건 사실입니다. 하지만 이러한 희생과 노력을 통해 제 생각을 글로 쓸 수 있다는 자기표현의 기회와 하나의 작품을 끝냈다는 성장을 얻게 되었습니다. 그리고 날씬해진 몸을 보면 성취감까지 느껴집니다.

8. 선생님이 중요하게 생각하시는 글쓰기 수업에서의 3대 요소는 어떤 게 있나요?

저는 읽기, 쓰기, 이론을 꼽고 싶습니다. 글을 잘 쓰기 위한 가장 쉬운 방법은 책을 많이 읽는 것입니다. 글 쓰는 이에게는 경험이 중요하다고 하는데 경험보다 조금 더 중요한 게 있다면 저는 독서라고 생각합니다. 경험이 부족할 때는 간접경험인 독서로 채울 수 있기 때문입니다. 다음으로, 많이 읽는 것만큼이나 중요한 게 많이 써보는 것입니다. 수많은 시행착오를 통해 조금 더 나은 글을 쓸 수 있을 거라고 확신합니다. 이때 버려지는 글을 쓰는 것을 시간 낭비라고 생각하고 두려워하면 안 됩니다. 모두 좋은 발판이 되는 습작품입니다. 마지막으로, 생각보다 많은 학생들이 글쓰기 이론을 흥미로워했습니다. 보통 이론이라고 하면 지루한 것이라고 생각하는데 글쓰기 이론은 생각보다 재밌는 것들이 많습니다. 글쓰기를 동기부여해주는 글이라든지, 문장력을 강화해주는 글이라든지 다양한 이론들이 있습니다.

9. 필사가 도움이 될까요?

선생님들마다 다르겠지만 저는 필사를 시키지 않습니다. 필사를 하는 이유는 문장력이 좋은 작가의 문체를 흉내 내고 싶어서입니다. 하지만 작가에게는 자신만의 개성 있는 문체도 중요합니다. 저는 필사를 할 시간에 자신의 글을 더 많이 써서 학생들이 나만의 문체를 만들었으면 좋겠습니다. 또, 필사를 했던 학생들이 하나같이 했던 말은 "글씨를 따라 쓰느라 오히려 내용이 머릿속에 들어오지 않았다."입니다. 물론 필사가 단점만 있는 것은 아닙니다. 묘사가 훌륭한 작품은 필사를 하면서 한 번 기억할 수 있겠죠. 하지만 저는 그 시간에 자신의 작품을 더 많이 써보고 더 많이 고쳐보면 좋을 것 같다고 말하고 싶습니다.

10. 비전공자인데 글쓰기가 힘들까요?

제 학생들은 거의 대부분이 비전공자이십니다. 간호학, 체육과, 연기과, 컴퓨터공학과, 미술과 등. 저를 스쳐 간 학생들의 전공만 해도 정말 다양합니다. 저는 오히려 비전공자 학생들이 글을 쓸 소재가 더 많을 거라고 생각합니다. 다양한 삶이 소재가 되어 글에 녹아들겠죠. 예를 들어, 간호학 전공자는 환자와의 상호작용, 의료 분야의 독특한 경험을 글에 담을 수 있을 것이고 체육과 전공자는 운동과 건강에 관련된 주제에서 풍부한 아이디어를 가질 수 있습니다. 연기과 출신의 학생은 캐릭터 개발과 스토리텔링에 뛰어난 능력을 발휘할 수 있으며, 컴퓨터 공학과 학생은 기술과 혁신에 관련된 주제를 다룰 수 있습니다. 마찬가지로 미술과 학생은 시각적 표현을 글쓰기에 효과적으로 활용할 수 있습니다.

요즘은 글쓰기를 배울 수 있는 곳이 많습니다. 개인 레슨, 한겨레 문화센터, 유튜브 등 말이죠. 그래서 꼭 문예창작과를 나올 필요는 없습니다.

11. 영감을 주로 어디에서 얻으시나요?

제가 가장 쉽게 영감을 얻는 곳은 바로 독서입니다. 글 쓰는 사람에게는 경험이 중요합니다. 경험은 글을 더 풍부하게 만들고 독자와 공감하게 만드는 데 도움이 됩니다. 그러나 경험만큼이나 중요한 것은 경험을 어떻게 표현하고 공유하는가입니다. 경험을 적절하게 풀어내고 독자에게 전달하는 것이 글쓰기의 핵심입니다.

그러나 경험이 나를 압도해서는 안 됩니다. 한마디로 경험 지상주의가 돼서는 안 된다는 거죠. 경험을 모으는 데도 한계가 있을 겁니다. 억지로 경험하려 할 필요는 없습니다. 그럴 때 저는 간접경험인 독서를 통해 영감을 얻습니다. 소설이나 에세이를 통해 다른 사람들의 경험을 공유하고 배울 수 있으며, 이러한 지식과 통찰력은 나만의 글을 작성하는 데 큰 자원이 됩니다.

12. 작가를 직업으로 선택하게 된 계기가 있나요?

　진지하고 생각이 많고 창의적인, 타고난 성향이 있었습니다. 이 세상에 하고 싶은 말이 많았던 학생이었습니다. 선생님들에게도 하고 싶은 말을 다 하고 그분들도 저를 어려워할 정도로 자기주장이 강한 아이였습니다. 중학생 때부터 친구가 거의 없었고 어떤 무리에도 끼지 못했고 친구들이 끼워주지 않았습니다. 자연스레 책과 친구가 되었고 내면 세계를 탐험하는 데 관심이 많았습니다. 중학생 때는 특이하게 국어 시간이 아닌 국사 시간에 수행평가 발표를 1등(작가는 역사를 잘 알아야 한다고 생각했고, 문학 작품에 정답을 맞추려는 국어 선생님과는 친하지 않았습니다.)을 하면서 남들 앞에 섰을 때 희열을 느꼈습니다. 그때 대중 앞에 서는 직업을 갖고 싶다는 생각을 했습니다.

산 정상에 올라
오랜 '꿈'을 외치다

학생들이 제게 묻습니다. "선생님의 꿈은 책을 내는 거였나요?" 저는 아니라고 대답합니다. 앞서 이야기했듯 저의 꿈은 오로지 작가였습니다. 책을 내진 않아도 작품이 있고 작가로 인정을 받은 사람이 되는 게 꿈이었습니다. 이 말엔 작가로서의 자세를 중요시 여기겠다는 뜻이 담겨 있습니다. 저는 단순히 원고를 쓰는 것 이외에 작가가 갖추어야 할 자세들도 학생들에게 일러줍니다. "글만 좋아서는 안 되는 세상이다. 인성이 갖춰져야 출판사 미팅이나 독자와의 만남에서 기회를 잡을 수 있다."와 같은 글쓰기 이외의 여담 아닌 여담을 해주죠.

작가라는 꿈을 이룬 지금은 꿈꿔보지 못한 일들이 계속 제 앞에 펼쳐집니다. 책을 내겠다는 꿈이 없던 저에게 출판의 기회가 찾아오고 강사의 기회가 찾아옵니다. 지금 저에게 가장 많이 들어오는 질문은 "강사님의 다음 꿈은 무엇인가요?"입니다. 저는 꿈이 없다고 대답합니다. 그렇게 작가가 되고 싶었는데 막상 되어보고 나니 다른 생각이 들었습니다. '꿈은 집착할수록 더 멀어지는구나.' 이런 생각이 든 이유는 강사가 된 지금의 모습을 생각하면 저는 한 번도 강사가 꿈이었던 적은 없었기 때문입니다. 그런데 사람이 꿈꿔보지 못한 모습도 될 수 있다는 게 신기합니다. 인생이 엉뚱하게 흐른다는 생각도 들었습니다. 꿈이 없다고 대답한 이유는 꿈을 이뤄보고 나니 이제는 꿈에 집착하지 말자고 다짐했기 때문입니다.

산을 오를 때도 '정상에 꼭 오르고 말겠어!'라고 집착하는 것보다 등산을 하는 그 과정을 즐기면 더 좋은 것처럼 말이죠. 정상에 도달하는 것만을 목표로 한다면 그 과정에서 스트레스를 받을 수 있습니다. 등산 자체를 즐긴다면 더 편안하게 오를 수 있겠죠. 정상에 오르는 것도 중요한 성취지만, 등산 과정에서 작은 목표들을 달성하는 성취감도 중요합니다.

예를 들어 어려운 구간을 통과하거나 아름다운 경치를 발견하는 것 등 작은 성공들이 쌓이면 더 큰 만족감을 느낄 수 있습니다. 20대 시절의 저를 보고 지인이 제게 "쫓기듯 사는 거 같다"고 했습니다. 정상에 오르려고 집착하는 제 모습을 보고 그런 말을 한 게 아닐까 하는 생각이 듭니다.

감히 한 분야의 정상에 올랐다고 스스로 말할 순 없습니다. 하지만 치열하게 등산을 해 산의 위까지 올라와 제가 오른 길을 내다보며 "야호!"라고 외칠 수 있는 여유는 조금 생긴 것 같습니다.

이제는 더 이상 정상에만 집착하지 않습니다. 앞으로의 길에서 과정에서의 작은 성공과 아름다움을 만끽하며 한 걸음 한 걸음 나아가려 합니다. 매 순간을 즐기며, 길 위에서 만나는 사람들과 함께 웃으며, 때로는 실패와 좌절도 받아들이면서요. 산 정상에 도달하는 것만이 중요한 것이 아니라, 그 길 위에서 얻는 모든 경험이 저를 더 단단하게 만들어줄 것임을 이제야 깨달았습니다.

그렇게 삶을 즐기며, 앞으로도 계속해서 다양한 산을 오를 준비가 되어 있습니다. 이번 등산이 끝이 아니라 또 다른 시작임을 알기에, 매 순간을 소중히 여기며 다음을 향해 나아가려 합니다.